समर-सिरीज़ #1

ख़बर मिली है जबसे ये कि तुमको हमसे प्यार है
नशे में तब से चाँद है, सितारों पर ख़ुमार है
भरी-भरी निगाह से ये देखना तेरा हमें
नसों में जैसे धीमे-धीमे बज रहा गिटार है

युवान बुक्स
अनबाउंड स्क्रिप्ट का उपक्रम

हैशटैग कर्नल गौतम राजऋषि

प्रथम संस्करण : अक्टूबर, 2024

ISBN : 978-81-976645-2-6

प्रकाशक : अनबाउंड स्क्रिप्ट
2/41, अंसारी रोड,
दरियागंज, दिल्ली - 110002

वेबसाइट : **www.unboundscript.com**
ई-मेल : **books@unboundscript.com**
फोन : **011-35807601**

HASHTAG
Written *by* Colonel Gautam Rajrishi
Illustrated *by* Nisha Rawat

मुद्रक : यश प्रिंटोग्राफ़िक्स, नोएडा, उ.प्र.

मूल्य : ₹ 249/-

कर्नल गौतम राजऋषि

हैशटैग

मुहब्बत ने
फ़ौजी बनाया
महबूब ने क़ातिल

युवान बुक्स

अभिन्न मित्र

शैलेन्द्र शैली को

कि

तुम न होते

तो

कहानी अपने उन्वान में ही सिमटी रह जाती

हमने कलेजा रख दिया चाक़ू की नोक पर

फच्च sss...

चाक़ू की लंबी नोक ऊपर की परत को बेरोक चीरती हुई जब अंदर घुसी तो एक अजीब-सी आवाज़ के साथ भीतर की भरी हवा की मुलाक़ात बाहर की हवा के साथ हुई। उस मुलाक़ात के अगले पल एक रुके हुये लम्हे तक के लिए शगुन के खुले-खुले मुँह से निकली चीख़ दर्द से ज़्यादा लिपटी थी या हैरानी से, यह बताना मुश्किल था।

चीख़ अपने मुक़ाम तक पहुँची भी नहीं थी कि समर प्रताप सिंह ने अपने होठों को शगुन सिन्हा के खुले होठों पर रख दिया।

काइनात के वजूद में आने के बाद अब तक की मानव सभ्यता का यह सबसे अनूठा चुंबन था।

चुम्बन के दरमियान चाक़ू थोड़ा-सा और पैबस्त हुआ पेट की गहराइयों में और धँसा रह गया पूरा-का-पूरा। चीख़ने को आतुर होठों को अपने होठों की गिरफ़्त से आज़ाद करते हुये समर प्रताप सिंह ने शगुन सिन्हा के जिस्म को हौले-से धक्का दिया। क़ालीन-बिछे फ़र्श के साथ लगभग नब्बे डिग्री का कोण बनाते हुये शगुन का जिस्म धीमी गति में अस्सी से साठ और फिर तीस डिग्री पर झुकते हुये क्षण भर बाद नीचे गिरा हुआ था।

एक नज़र... बस एक अजीब-सी नज़र भर देखकर समर प्रताप सिंह जा चुके थे, उस पीली दीवारों वाले गर्ल्स-हॉस्टल से बाहर।

चीख़ फिर भी नहीं निकल पायी थी अब तक। दर्द था कि नहीं और था तो कितना, यह बता पाना मुश्किल था... हाँ, हैरानी के बाद वाली हैरानी-सी कुछ ज़रूर मंडरा रही थी उस कमरे में। इसके अलावा छोटे से चटक नीले रंग के क़ालीन पर बस थी तो शगुन सिन्हा की छटपटाहट या फिर ऊपर मटमैली पीली छत से उल्टे लटके हौले-हौले घूमते पंखे को ताकती धुंधलाती

बंद होती उसकी आँखों में प्रकाश की गति से भी तेज़ रफ़्तार में भागती हुई विगत ज़िंदगी का कोई एक दृश्य।

मानो हज़ार... दस हज़ार साल पहले की बात हो!

उस दिन कॉलेज के केमिस्ट्री लैब में भी तो ऐसी ही एक आवाज़ उठी थी, औचक, जब ग़लती से उसने परखनली में सलफ़्यूरिक एसिड को तनिक ज़्यादा उड़ेल दिया था।

'फच्चsss' की आवाज़ करते हुए उसके हाथ में थमी परखनली से ढेर सारा कसैला धुआँ निकलने लगा था। घबराकर वो लैब के टेबल से पीछे हटी। कई सारी चीज़ें एक साथ ही हुई थीं; पल के सौवें हिस्से से भी कम समय में...

उसके हाथ से गिरकर परखनली का छनाक से टूटना...

अगल-बगल खड़े लड़के-लड़कियों की वो ऊह और आह...

शगुन सिन्हा का तेज़ी से पीछे हटना और समर से टकराना...

समर प्रताप सिंह के हाथों में थमी परखनली से एसीड का भड़भड़ाकर उसकी सफ़ेद कमीज़ पर उलट जाना...

तेज़ाब से जल उठी चमड़ी की गंध और समर की दर्द भरी चीख़...

...और फिर पल के सौवें हिस्से के ख़त्म हो जाने के बाद औंधे पड़े समर प्रताप सिंह की पीठ पर पड़ी वो... अवाक... सकते में।

उस दिन भी तो फ़र्श पर पड़ी देर तक अचम्भित धुंधलाती आँखों से केमिस्ट्री लैब की छत को देर तक देखती रही थी वो... बहुत देर तक। फ़र्क़ बस इतना था कि उस दिन उसके जिस्म के नीचे इस चटक नीले रंग के कालीन की जगह तेज़ाब से जला, औंधा पड़ा, समर प्रताप सिंह था और ऊपर मटमैली पीली छत से उल्टे लटके पंखे की जगह थी केमिस्ट्री लैब की झक्क सफ़ेद छत, जहाँ लंबे-लंबे उल्टे टंगे ट्यूब-लाइट्स थे।

उसी दिन से ही तो शुरू हुआ था सब कुछ उल्टा-पुल्टा सा... जो बाद में, बहुत बाद तक, सीधा होने की कोशिश में आड़ा-तिरछा-सा रह गया था।

शुरुआत में कई दिनों तक क्लास में या कॉलेज के गलियारे में शगुन सिन्हा को आता देखकर समर प्रताप सिंह का हर दफ़ा कमीज़ के बटन खोलते हुए ज़ख़्म पर लगी पट्टी की झलक दिखलाना और बाद के दिनों में ज़ख़्म सूख जाने के बाद बस बटन खोलने का उपक्रम करना... एकता कपूर के सास-बहू सीरियल वाले रटे-रटाये दृश्य जैसा बार-बार दोहराया जाता रहा।

शगुन सिन्हा के दिल में अपराधबोध का एक हल्का-सा बोझ और समर प्रताप सिंह की छाती पर मौजूद ज़ख़्म का वो निशान कब धीरे-धीरे क्रमशः हमदर्दी और एक कशिश में बदलता गया... यह बात शगुन सिन्हा बिल्कुल नहीं समझ पायी थी, लेकिन समर प्रताप सिंह 'जो जीता वही सिकंदर' के आमिर ख़ान की तरह ज़रूर स्लो-मोशन में उड़ते फिर रहे थे हवाओं में या झूले जा रहे थे घटाओं में। बेशक यह फ़िल्म उनकी पैदाइश से भी तीन साल पहले रिलीज़ हुई थी, लेकिन इस कशिश में उन दिनों समर प्रताप सिंह के हाव-भाव कुछ-कुछ ऐसे ही थे। किसी को दिखे या न दिखे, लेकिन शगुन सिन्हा की ख़ुमारी में वो ज़मीन से दो-तीन इंच ऊपर हवा में ही चल रहे होते थे... एकदम धीमी गति में लहराते हुए-से।

हाँ, इतना तो ज़रूर था कि उस हमदर्दी और उस कशिश ने अपनी अलग-अलग ख़ेमेबंदी कर रखी थी। हमदर्दी ने जहाँ शगुन सिन्हा के दिल की चार दीवारियों में क़ियाम किया हुआ था, वहीं कशिश ने समर प्रताप सिंह के ख़याली किले के ऊँचे कंगूरों पर डेरा जमाया हुआ था।

शगुन सिन्हा के ख़ेमे की चार दीवारियों में घुसपैठ का रास्ता तो बेशक अनदेखा-अनजाना था, लेकिन अपने ख़याली कंगूरों के डेरेदार समर प्रताप सिंह बस कूद कर अंदर दाख़िल होने की ख़्वाहिश में कमबख़्त से कमबख़्ततर हुए जा रहे थे।

#

बर्बाद हो रहे हैं जी
तेरे अपने शहर वाले

इस दिलचस्प और अनूठी ख़ेमेबंदी का अफ़साना जहाँ बुना जा रहा था, वो पटना यूनिवर्सिटी के फेमस 'साइंस कॉलेज' का कैम्पस था। समर प्रताप सिंह और शगुन सिन्हा यहीं ग्रेजुएशन कर रहे थे। दोनों पटना के दक्षिणी किनारे पर बसे कंकड़बाग़ कॉलोनी के निवासी थे और फिलहाल साइंस कॉलेज के हॉस्टल में रह रहे थे। हालाँकि इस बात का ख़ुलासा कि दोनों ही कंकड़बाग़ कॉलोनी के रहने वाले हैं, उन दोनों के साथ हुए उस केमिस्ट्री लैब वाले हादसे के बाद ही हुआ था।

ग्रेजुएशन का पहला सेमेस्टर शुरू होने के बाद, महीनों तक तो मानो शगुन सिन्हा के लिए समर प्रताप सिंह का कोई वजूद ही नहीं था।

इस रहस्य के ख़ुलासे पर पहले तो समर प्रताप सिंह ख़ूब चौंके कि बीस साल तक कंकड़बाग़ कॉलोनी के ही किसी कोने में यह बला की ख़ूबसूरती थी और वे इससे अनजान थे। बाद में जब उनका चौंकना ठौर पा गया, तो उन्हें अपने दिल के इस प्रस्ताव पर दिमाग की मुहर लगाते ज़रा भी देर न लगी कि हम-मुहल्ला होने के कारण कॉलेज के अन्य लड़कों के मुक़ाबले शगुन सिन्हा पर उनका... बस उनका ही हक़ बनता था। शगुन सिन्हा की धक्क-सी गोरी रंगत, गहरे काजल से रेखांकित बड़ी-बड़ी आँखें और प्यानो-सी बजती आवाज़ के दीवानों की लम्बी फ़ेहरिस्त में समर साब यूँ तो कॉलेज के पहले दिन से ही शामिल थे, लेकिन इस ख़ुलासे के बाद से वो ख़ुद को उस फ़ेहरिस्त में सबसे ऊपर रखने लगे थे।

शगुन की अपनी फ़ेहरिस्त का ब्यौरा तो शायद ही किसी को पता था, पर सवा सौ लड़के-लड़कियों के उस बैच में शगुन को अक्सर जिस लड़के के साथ कैम्पस में, कैंटीन में या लाइब्रेरी में उठते-बैठते देखा गया था... वो था ज़हीन क़िस्मत और लम्बे कसरती बदन वाला आदित्य वर्मा। आदित्य वर्मा

का छबीला व्यक्तित्व कुछ ऐसा था, जिसे एक बार देखकर लड़कियाँ दुबारा पलटकर ज़रूर देखें और लड़के, जलन के मारे कंधे उचका दें या मुँह बिचका लें। लड़कों के बीच पसरी हुई गप्पों पर भरोसा किया जाए तो आदित्य और शगुन के परिवारों में काफी घनिष्ठता थी और दोनों की शादी बचपन में तय-सी हो चुकी थी। लेकिन इन पसरी हुई गप्पों को समर प्रताप सिंह महज़ अफ़वाह मान ख़ुश रहते थे और शगुन सिन्हा के साथ ख़ुद की रची-बसायी सपनों की दुनिया में अठखेलियाँ करते रहते थे।

वैसे सपनों की दुनिया में डेरा-बसेरा समर प्रताप सिंह के लिए बचपन से ही शुरू हो गया था। पारिवारिक संस्कारों के बोझ तले दबे-कुचले रहे। दो बहनों के बाद लम्बे अन्तराल पर तमाम मन्नतों के बाद पैदा हुए। दबंग गुस्सैल पिता की छाया में पले। समर साब हमेशा एक ग़ैर-ज़रूरी और अबूझ दब्बूपने से घिरे रहे। यूँ तो पिता का गोरा रंग उनमें भी नैसर्गिक रूप से आ गया था, लेकिन क़द छः फ़ीट से थोड़ा पहले ही थम गया था और उस पर पतली-सी दुबली-सी काया। समर प्रताप सिंह अपने नाम के वज़न का प्रभावशाली व्यक्तित्व चाह कर भी नहीं पा सके थे और इसका उन्हें हर घड़ी अफ़सोस रहता था।

वहीं छः फ़ीट दो इंच की क़द-काठी और ख़ूबसूरत व्यक्तित्व की सुल्तानी करने वाले पिता ठाकुर सुदर्शन प्रताप सिंह का हर दूसरे मौक़े पर समर साब की कम रह गई लम्बाई पर किया जाने वाला तंज़, उनके इस अफ़सोस की परतों पर और परतें बिछाता रहता था।

"बेटे समर, दुनिया जो छः दो से दिखाई देती है न... वह पाँच ग्यारह से नहीं दिखाई देती... समझे!"

ठाकुर सुदर्शन प्रताप सिंह बड़े रसूख़ वाले थे और बिहार के राजनीतिक परिदृश्य के केंद्र में रहने वाली विपक्षी पार्टी के बड़े नेताओं में एक गिने जाते थे। स्थानीय अख़बारों की मानें तो अगले विधान सभा चुनाव में पार्टी अगर बहुमत से जीत जाती है तो ठाकुर साब का मुख्यमंत्री बनना तय था। वैसे भी अगले

साल होने वाले लोकसभा चुनाव के लिए ठाकुर साब की पार्टी ने जिस नाम को देश के प्रधानमंत्री पद के उम्मीदवार के रूप में तय किया था, उस नाम की लहर पूरे देश में सैलाब की तरह उठती दिखाई दे रही थी। ठाकुर सुदर्शन प्रताप सिंह को पूरी उम्मीद थी कि इस नयी लहर में विधान सभा चुनाव में उनकी पार्टी भी बहुमत ले ही आयेगी।

कॉलेज के बैच में कुछ लड़के अक्सर उनकी पीठ पीछे कहते सुने जाते थे कि समर प्रताप सिंह का दाख़िला साइंस कॉलेज में उनके पिता के जुगाड़ की बदौलत हुआ था वरना जहाँ पिछले वर्ष का 'कट ऑफ़' 90% था, 87% वाले समर प्रताप सिंह को भला साइंस स्ट्रीम में जगह कैसे मिल गयी?

बात कुछ हद तक सही भी थी। पटना के माउंट कॉर्मेल स्कूल में बारहवीं की परीक्षा के दौरान ही डेंगू हो जाने के बावजूद समर प्रताप सिंह ने जाने कैसे अपना यह बोर्ड निकाला था। घर-परिवार में किसी को उम्मीद ही नहीं थी कि वो बोर्ड की परीक्षा में बैठ भी पायेंगे। लेकिन समर साब बुखार की तपन और दुखते बदन के साथ न सिर्फ परीक्षा में शामिल हुए, बल्कि तमाम उम्मीदों के बरख़िलाफ़ अच्छे मार्क्स भी लेकर आये। मार्क्स अच्छे आने के बावजूद शहर के सबसे अच्छे कॉलेज में दाख़िला बस कुछ नंबरों से रह जा रहा था। यहाँ फिर राजनीतिक घुसपैठ ने पिछले दरवाज़े से पटना साइंस कॉलेज में दाख़िला संभव करवाया। ठाकुर सुदर्शन प्रताप सिंह अपने इकलौते सुपुत्र के बारहवीं में अप्रत्याशित प्रदर्शन पर आश्चर्यचकित तो बहुत थे, लेकिन खुद का श्रेय लेने से ज़रा भी नहीं हिचके। दूसरी ओर, श्रेय की असल हक़दार, श्रीमती कुमकुम सिंह ख़ामोशी से अपने बेटे की बलैयां लिए जा रही थीं...

"माँ दुर्गा के आशीर्वाद से आया है मेरा बेटा, वह भी इतने वर्षों की तपस्या के बाद। हर लड़ाई में इसकी जीत निश्चित है।"

कुमकुम सिंह का नाम पटना के साहित्यिक हलके में बड़े सम्मान से लिया जाता था। शहर में कोई भी साहित्यिक गोष्ठी ऐसी नहीं होती थी, जो उनकी उपस्थिति के बिना पूर्ण हो। घर में उनकी वजह से ही पढ़ने-पढ़ाने का माहौल बना रहता था। समर साब को किताबें पढ़ने की लत बचपन से ही लग गयी थी। ठाकुर सुदर्शन प्रताप सिंह की राजनीतिक व्यस्तता उन्हें लगातार घर से बाहर रखती थी... तो घर में माँ और उम्र में बहुत ही बड़ी दोनों बहनों की संगत ही समर साब का शरणगाह थी। वर्षों बाद पुत्रागमन ने माँ के साथ-साथ दोनों बहनों को भी समर साब के प्रति अतिरिक्त सावधान कर रखा था। उनके लिए घर से बाहर निकलने पर एक अघोषित बंदिश थी और मुहल्ले के हमउम्र लड़कों के साथ खेलने-कूदने के ख़िलाफ़ तो बिल्कुल ही तानाशाही फ़रमान था।

अपने स्कूल के काम से कुमकुम सिंह दिन भर अनुपस्थित रहती थीं। इस बीच दोनों बहनों को अपने छुटके भाई पर लाड़-दुलार में तरह-तरह के प्रयोग करने का अवसर मिल जाता था। दोनों बड़ी बहनें नन्हे समर को अक्सर फ्रॉक पहनाकर, बालों की दो चोटी बाँधकर, हाथ-पैरों की उँगलियों को अलग-अलग रंग के नेल-पॉलिश से रंगकर, अपने खेलने के लिए चलती-फिरती गुड़िया बना लिया करती थीं।

एक दिन ठाकुर सुदर्शन प्रताप सिंह औचक ही घर लौटे, तो उन्होंने अपने इकलौते सुपुत्र को एक सजी-धजी गुड़िया वाले अवतार में देख लिया। यह देखकर वह एक संभावित हृदयाघात से बाल-बाल बचे। उनका उफ़नता हुआ क्रोध थोड़ी दूर पर बह रही गंगा में बाढ़ की आशंका पैदा करने लगा था...

“हमारे इकलौते बेटे को तुम लोग जनानी बनाकर छोड़ोगी क्या! हम साला उधर देश बनाने में लगे हैं और इधर तुम लोग मिलकर हमारे समर को बर्बाद करने पर तुली हुई हो। कुमकुम जी अपनी प्रिंसिपली, पूजा-पाठ और कविताओं की महफ़िल से फ़ुर्सत निकाल कर थोड़ा ध्यान अपने बेटे पर भी

दीजिये। लौंडा नाच करवाना है क्या, ठाकुर सुदर्शन प्रताप सिंह के इकलौते वारिस से? आपकी दोनों लाडलियाँ हमारे इकलौते बेटे को अपने जैसी मौगी बनाने पर तुली हैं। खून पी जायेंगे हम दोनों का एक दिन। आज के बाद अगर कभी इस तरह लौंडा नाच वाले कपड़े में देखा इसको... तो ठीक नहीं होगा। हमारे बाद हमारा बेटा हमारी पार्टी की हुकूमत करेगा या पार्टी की गोष्ठियों में लौंडा नाच? बंद कीजिये अपना साहित्य और स्कूल का कारोबार, अगर घर नहीं संभल रहा है आपसे तो!"

क्रोध के इन दहकते अंगारों के सामने कुमकुम सिंह का सारा सामाजिक सारोकार और साहित्य विमर्श एक असहनीय चुप्पी का चोगा ओढ़े रह गया था। कुमकुम सिंह वहीं कंकड़बाग़ के ही एक सरकारी माध्यमिक विद्यालय की प्राचार्या थीं और साहित्यिक गतिविधियों से बचे समय में अपने स्कूल की बेहतरी में व्यस्त रहती थीं। अतिविनम्र कुमकुम सिंह ने मांस-मछली को कभी हाथ नहीं लगाया था और देवी दुर्गा की उपासना में लीन रहकर पति के क्रोध का प्रतिकार करने की असफ़ल कोशिश करती थीं। माँ की व्यस्तता, दोनों बड़ी बहनों का अतिरिक्त लाड़-दुलार, पिता की अनुपस्थिति व उपस्थिति के बीच उमड़ता जब-तब का क्रोध, घर में अघोषित क़ैद... इन सब ने मिलजुल कर समर प्रताप सिंह को किताबों की दुनिया में समेट दिया था। कुमकुम सिंह के निजी पुस्तकालय में किताबों की कोई कमी नहीं थी। जहाँ इन किताबों ने समर साब को अपने ही बुने और सजाये गए सपनों की एक दुनिया में धकेल दिया था, वहीं चीज़ों को तुरंत आत्मसात करने की उनकी क्षमता को एक अलग ही विस्तार दे दिया था। उनकी तीक्ष्ण याददाश्त एक बार पढ़ी गयी चीज़ों को सहज ही स्मृति-कोश में सहेज कर रख लेती थी।

कंकड़बाग़ कॉलोनी के उस 'कुमकुम सदन' के अजीबो-ग़रीब परिवेश में सिमटा हुआ यह छोटा बालक धीरे-धीरे बड़ा हो रहा था।

स्थानीय बाशिंदों की बातों को अगर गंभीरता से लिया जाए, तो कंकड़बाग़ कॉलोनी एशिया का सबसे बड़ा मुहल्ला था। न वहाँ कंकड़ों का

ऐसा कोई बाग़-बागीचा था न ही एशिया के सबसे बड़े मुहल्ले का ऐलान करने वाला कोई बोर्ड, जिससे समझ आए कि इस मुहल्ले का यह नाम क्यों पड़ा।

हाँ... वहाँ की तमाम टूटी-फूटी सड़कों पर तारकोल लेपन के बजाय सिर्फ बजरी बिछा देने के अनूठे सरकारी योगदान को किसी अलबेले दृष्टिकोण से इस कॉलोनी के रहस्यमयी नामकरण का कारक मान लिया जाए, तो भारी-भरकम ऐलान करने वाले खीसें भले निपोरते रहें, लेकिन इन्कार शायद ही करेंगे।

कॉलोनी के एक किनारे पर ठाकुर साब का पुश्तैनी मकान था, जो आधुनिक साज-सज्जा से एक विशाल परिसर वाले डुप्लेक्स में बदल चुका था। यहाँ आयोजित होने वाली शुरुआती राजनीतिक बैठकों में ठाकुर सुदर्शन प्रताप सिंह जब-तब कहते सुने जाते कि टिकट मिलने पर सबसे पहले तो वह इस कॉलोनी की कंकड़मई सड़कों की मरम्मत करवायेंगे। महज़ टिकट मिल जाने पर ही इस देश में सड़क जैसी उपेक्षित चीज़ की ऐसी अतिरिक्त परवाह के मद्देनज़र उठने वाली तमाम कटाक्ष-मिश्रित फुसफुसाहटों पर ठाकुर सुदर्शन प्रताप सिंह के उपेक्षा भरे ठहाकों का अगर अनुवाद किया जाता तो यही बात सामने आती कि टिकट मिल जाने के बाद उनकी चुनावी जीत उतनी ही सुनिश्चित थी, जितनी प्रदेश में हर साल आने वाली बाढ़।

कॉलोनी के पुराने लोगों का कहना था कि पटना से सटे हुए गाँव में सैकड़ों बीघा की उनकी पैतृक ज़मीन बोरी भर-भर रुपये देती थी। इस देश में चुनाव जीतने के लिए ये भरी हुई बोरियाँ ही तो चाहिए होती हैं। जनता का वोट तो किराने की दुकान से ख़रीदी जाने वाली नमक की थैली जितना सस्ता होता है।

पैतृक आवास को समस्त आधुनिक सुख-सुविधाओं से लैस और आलीशान डुप्लेक्स में बदलने के बाद ठाकुर सुदर्शन प्रताप सिंह ने बंगले का नामकरण विधिवत पूजा-अर्चना के साथ अपनी उत्तमार्ध श्रीमती कुमकुम सिंह के नाम पर ही किया था, "कुमकुम सदन"। उनके निकट के लोग बताते थे कि ठाकुर सुदर्शन अपनी पत्नी पर जान छिड़कते थे। ये और बात थी कि

उनका यह जान छिड़कना पत्नी के साथ किये गए अनगिनत प्रेमालाप के उपरान्त पैदा हुईं दो-दो बेटियों के बाद मौखिक अग्निवर्षा में बदल गया था, जो जब-तब कुमकुम सिंह के ऊपर कहर बनकर बरसता रहता था। दूसरी बेटी के जन्म के ग्यारह साल से ऊपर हो चुके थे और बेटे की उम्मीद में ठाकुर सुदर्शन प्रताप सिंह के सारे अग्निबाण अब बुझ-बुझाकर निराशा के तरकश में गुम चुके थे।

"यार जितेन्द्र! क्या दुश्मनी है यार महादेव की हमसे? बीस साल से पार्टी की और पत्नी की सेवा कर रहे हैं हम। किये जा रहे हैं, किये जा रहे हैं। न टिकट मिल रहा और न ही बेटा, थक गए हैं अब हम।" जनवरी महीने की किसी रात कुमकुम सदन के एक कोने में बने अपनी स्टडी में बैठकर जितेन्द्र शर्मा के साथ ब्लैक डॉग की "ऑन द रॉक्स" चुस्कियाँ लेते हुए ठाकुर सुदर्शन अपनी पीड़ा बयान करने से ख़ुद को रोक नहीं पाए।

जितेन्द्र शर्मा...ठाकुर सुदर्शन प्रताप सिंह का वर्षों पुराना वफ़ादार, फ्रेंड-फिलॉस्फर-गाइड और पार्टनर-इन-क्राइम्स भी था। वह उनकी अब तक की राजनीतिक यात्रा को बहुत सलीक़े से संभालता आ रहा था और उनके लिए किसी भी हद तक जा सकता था।

अपने खाली ग्लास में दूसरा पैग बनाते हुए उसने ठाकुर सुदर्शन प्रताप से कहा...

"ठाकुर साब, ऐसा है न कि मैं तो इस बात पर आँख मूँदकर भरोसा करने वाला आदमी हूँ कि भगवान के घर देर है, मगर अंधेर नहीं। आपकी सेवा परिणाम तो लेकर आयेगी ही और वो दिन जल्द ही आने वाला है। इस बार मेरा विश्वास है कि पार्टी आपके नाम पर टिकट की घोषणा करेगी। ये बात मैं पार्टी में उड़ती-फिरती ख़बरों और आपकी लगन के बिना पर कह रहा हूँ। बेटा न होने वाली बात पर तो क्या ही कह सकता हूँ। दो-दो बेटियाँ दी हैं भगवान ने। अच्छी हैं, सुशील हैं, सुन्दर हैं। आजकल बेटे का न होना कोई मायने नहीं रखता सर। बेटियाँ ही संभालती हैं, माँ-बाप को बुढ़ापे में।"

"बकवास तो करो मत जितेन्द्र तुम! बेटियाँ ही संभालती हैं... हुँह! तुम्हारे दो-दो बेटे हैं न, इसलिए ये डायलॉग मार रहे हो। हमारी विरासत का क्या होगा बिना बेटे के? प्रताप खानदान को कौन आगे बढ़ाएगा? कल को पार्टी टिकट देगी तो साथ में कौन खड़ा होगा मेरे...ये दोनों बेटियाँ? बोलो!" ठाकुर सुदर्शन प्रताप ने एक ही साँस में पूरा गिलास खाली करते हुए कहा।

"अरे सर, लड़कियाँ नहीं आ रही हैं क्या राजनीति में? सुशील यादव की बेटी को ही देख लो आप। बाप के नक्से कदम पर कितना बढ़िया काम कर रही है। महापौर का चुनाव जीत गयी है। आगे का रास्ता उसका बहुत ही ब्राइट है।"

"जितेन्द्र, अब तुम हमारे ही घर में हमारी दुश्मन पार्टी के बन्दे की तारीफ़ करोगे? बौरा गए हो क्या?" खिसियाये हुए ठाकुर सुदर्शन प्रताप सिंह फ़र्श को रौंदते अपनी स्टडी से बाहर निकल गए।

जनवरी महीने की उस रात की ठिठुरन ठाकुर सुदर्शन प्रताप सिंह की खिसियाहट को और विकराल कर रही थी। जितेन्द्र शर्मा की झेंपी-झेंपी सी तत्काल रुख़सती के बाद, वो वापस अपनी स्टडी में गए। टेबल पर ब्लैक डॉग की आधी बची हुई बोतल जैसे उन्हें मुँह चिढ़ा रही थी। गिलास में ब्लैक डॉग की बोतल उड़ेलते हुए गुस्से से उनका हाथ काँप रहा था। ढेर सारी व्हिस्की टेबल पर बिखर गयी थी और गिलास में लार्ज से भी ज़्यादा बन गया पैग निगले जाने के लिए जैसे छलक रहा था। थोड़ी देर तक गिलास को हाथ में लिये वो छलकते हुए गहरे भूरे द्रव्य को पहले तो घूरते रहे और फिर एक झटके में सारा का सारा गटक गए।

एक तपिश-सी उनके गले से उतरती हुई सीने के अंदर समा रही थी।

सामने दीवार पर सुसज्जित से फ्रेम में मढ़ी उनकी और कुमकुम सिंह की बड़ी-सी तस्वीर टँगी थी। ठाकुर सुदर्शन प्रताप सिंह, जाने कैसी अजीब-सी निगाहों से उस तस्वीर को निहारते रहे। देर तक... बहुत देर तक।

...और फिर एकदम से पलटकर अपनी स्टडी से निकलकर अपने बेडरूम की तरफ बढ़ चले। चाल में थोड़ी-सी लड़खड़ाहट थी। दिन भर के स्कूल और देर शाम किसी साहित्यिक गोष्ठी के पश्चात थकी-पस्त कुमकुम सिंह रजाई में लिपटी हुयी गहरी नींद में थीं। ठाकुर सुदर्शन प्रताप सिंह ने पहले तो रजाई को खींचकर नीचे फेंक दिया और फिर कुमकुम सिंह की तमाम खीझ भरी ना-नुकुर को नज़रअंदाज़ करते हुए एक भीषण प्रेमालाप में लीन हो गए।

अब ये जनवरी की उस ठिठुरती रात को नशे में डूबी हुई दुस्साहसी हरकत थी या वर्षों से माँ दुर्गा को समर्पित पूजा-पाठ का असर, एक दिन 'कुमकुम सदन' की गृहलक्ष्मी के गर्भ में समर प्रताप सिंह के आगमन की आह्लादित करने वाली घोषणा हो ही गयी।

लगभग नौ महीने बाद की ही तो बात थी। उसी दिन रिलीज़ हुई थी 'राज' और 'सिमरन' की दिलफ़रेब मुहब्बत भरी दास्तान "दिलवाले दुल्हनिया ले जाएंगे"। उधर हॉस्पिटल में कुमकुम सिंह प्रसव-पीड़ा में करवटें बदल रही थीं और इधर दोनों बेटियाँ गाँधी मैदान के पास वाले मौर्या टॉकीज़ में 'राज' बने शाहरुख़ ख़ान की दीवानगी और 'सिमरन' बनी काजोल की मोहक अदाओं पर ऊह-आह कर रही थीं।

पुत्रागमन से पुलकित ठाकुर सुदर्शन प्रताप सिंह ने 'कुमकुम सदन' में उस रात जो भोज रखा था, वह अगले सौ-दो-सौ सालों तक कंकड़ बाग़ कॉलोनी में तो याद रखा ही जाना था।

माँ के घर आ जाने के बाद शाहरुख़ ख़ान के 'राज' वाले अवतार के मोहपाश में जकड़ी हुईं दोनों बेटियाँ अपने पिद्दी से भाई के नामकरण के लिए कुछ-कुछ सहमते हुए ठाकुर सुदर्शन प्रताप सिंह से मुख़ातिब हुई थीं।

"पापा! छुटके का नाम राज रखेंगे... राज प्रताप सिंह!"

"राज...? पगला गयी हो क्या तुम दोनों? ये कौन सा नाम हुआ?" ठाकुर सुदर्शन एकदम से गरजे।

"बहुत सुन्दर नाम है पापा। मॉडर्न और ट्रेडिशनल दोनों ही। बड़ा सूट करेगा छोटे भाई पर।" बड़ी वाली ने मिन्नत की।

"चुप रहो तुम। अपना ये फ़िल्मी नाम अपने पास रखो। हम नाम सोच चुके हैं पहले से। कुल पुरोहित ने 'स' अक्षर का सुयोग निकाला था। समर नाम होगा हमारे बेटे का... समर प्रताप सिंह।" ठाकुर सुदर्शन प्रताप सिंह की गरज में अब एक मधुर-सी मुस्कान भी लिपटी हुई थी।

"क्या पापा... ये समर-वमर नहीं सूट करता आजकल लड़कों पर। राज रखते हैं न पापा... प्लीज़!" अबकी दूसरी वाली ने कोशिश की।

"चुप्प! एकदम चुप्प्प!! समर नाम है... समर प्रताप सिंह। मुहर लग चुकी है। हमारे जीवन के समर का परचम बुलंद करेगा तुम्हारा भाई... इस प्रताप वंश को अलग ऊँचाई पर लेकर जाएगा अपने नाम के साथ। जाओ तुम लोग और माँ की देख-भाल करो।" ठाकुर सुदर्शन प्रताप सिंह ने अंतिम निर्णय देते हुए कहा।

दोनों मुँह लटकाकर, नाक-भौं सिकोड़ते हुए वहाँ से चली गयी थीं।

उस वक़्त कुमकुम सदन के किसी भी बाशिंदे को कहाँ पता था कि इसी कंकड़बाग़ कॉलोनी के किसी कोने में इस नकार दिए गए 'राज' नाम वाले समर प्रताप सिंह की "सिमरन" उर्फ़ शगुन सिन्हा का जन्म लगभग एक महीने पहले हो चुका था।

#

तेरी बातों में किमाम की ख़ुशबू है

कंकड़बाग़ कॉलोनी में घटे उस ज़ब्बर जन्मोत्सव को लगभग 21 साल गुज़र चुके थे।

इस दौरान गंगा में जाने कितना पानी बह चुका था। ठाकुर सुदर्शन प्रताप सिंह लगातार चार बार चुनाव जीत चुके थे और अपनी पार्टी में प्रदेश के एक कद्दावर नेता के रूप में ख़ुद को स्थापित कर चुके थे। समर प्रताप सिंह की पैदाइश के साल भर बाद ही पार्टी ने टिकट के लिए ठाकुर साहब का नाम तय कर दिया था। इसके बाद अगले चार साल की कड़ी मेहनत ने चुनाव में उनकी जीत सुनिश्चित कर दी थी।

इस बीच हुआ यह भी था कि जिस दिन पार्टी ने टिकट देने की औपचारिक घोषणा की थी, उसी रात ठाकुर सुदर्शन प्रताप सिंह ने जोश में आकर श्रीमती कुमकुम सिंह के साथ उस साल भर पहले वाली रात के दुस्साहसिक प्रेमालाप को ज़बरदस्त तरीके से दुहराया था। परिणामस्वरुप 'कुमकुम सदन' में समर प्रताप सिंह का छोटा भाई तो नहीं आया जिसकी उम्मीद लिए ठाकुर साब ने शायद वो दुस्साहसिक प्रदर्शन किया था फिर से... हाँ, डेढ़ वर्षीय समर साब को साथ खेलने के लिए छोटी बहन मुनमुन का साथ ज़रूर मिल गया।

पिता की राजनैतिक व्यस्तताओं की वजह से उत्पन्न हुए खालीपन को नन्हे समर साब के लिए कुमकुम सदन की सवा या साढ़े तीन स्त्रियों की सोहबत भरे रखती थी। माँ और दोनों बड़ी बहनों का अतिरिक्त लाड़-दुलार उन्हें सदन की चौखट से बाहर क़दम रखने की इजाज़त नहीं देता था। एक तो इतने अरसे बाद पुत्रागमन और दूजा कॉलोनी के पास-पड़ोस को अपनी हैसियत से कम आंकने की ठाकुर सुदर्शन प्रताप की कैफ़ियत, नन्हें समर को कुमकुम सदन के प्रांगण में ही बाँधे रखती। छुटकी मुनमुन के आने के बाद फिर से दोनों बड़ी बहनें जब-तब समर को भी लड़कियों की तरह ही तैयार

कर देती थीं सजा-संवारकर। छोटा-सा फ्रॉक पहने, बालों में दो चोटी, हाथ और पैर की उँगलियों पर लाल रंग के आलते... समर और मुनमुन एक-दूसरे के भाई-बहन नहीं, बहन-बहन ही लगते थे। हालाँकि ठाकुर सुदर्शन प्रताप सिंह के उस दिन उस लौंडा नाच वाले प्रवचन के बाद से भाई को बहन बना कर रखने की दोनों बड़ी बहनों की कोशिशों पर थोड़ा अंकुश तो लगा था।

बचपन की अपनी ऐसी तस्वीरों को एल्बम में शामिल देखकर अब कॉलेज वाले समर साब की यही कोशिश रहती थी कि कैसे वो उन सारे एल्बम को गायब कर दें।

उधर कंकड़बाग़ की सड़कों पर कंकड़ की जगह पक्के तारकोल की चिकनी परतें बिछ चुकी थीं और ठाकुर सुदर्शन प्रताप सिंह का नाम एक समर्पित राजनेता के रूप में लिया जाने लगा था। समस्या यह थी कि केंद्र में और कई राज्यों में भले ही उनकी पार्टी का वर्चस्व स्थापित हो गया था, लेकिन उनके अपने प्रदेश की जनता उनकी पार्टी पर बहुमत की पुष्प-वृष्टि करने से अभी तक कतरा रही थी। साल भर पहले लोकसभा चुनाव में उठी एक नयी लहर पर सवार होकर केंद्र में सत्तारूढ़ हो चुकी उनकी पार्टी की तरफ़ से ठाकुर सुदर्शन को उनकी लगातार चार जीत के एवज में कैबिनेट में शामिल होने का न्यौता भी मिला था। लेकिन ठाकुर साब ने अपने प्रदेश के मुख्यमंत्री की गद्दी पर बैठने की पुरानी चाहत के कारण उस न्यौते को विनम्रता से ठुकरा दिया था।

दोनों बड़ी बेटियों का विवाह अच्छे-खासे घरों में हो चुका था। सबसे छोटी वाली विवाह का नाम सुनते ही तांडव करने लगती थी, जिसे देखकर समर प्रताप सिंह को असीम आनंद आता था। माँ और दोनों बड़ी बहनों के लाड़-प्यार के अतिरेक में शुरू से ही पिता के सामने तनिक खुलकर न बोल पाने वाले समर प्रताप सिंह को अपनी छोटी बहन मुनमुन का यह रौद्र रूप और उस रूप के सामने सबको नतमस्तक होते देखकर बड़ा ही चैन मिलता था।

यह मुनमुन की ही पैरवी थी कि ग्रैजुएशन में दाख़िला होने के बाद समर साब को हॉस्टल में रह कर पढ़ाई करने की अनुमति मिल गयी थी। कुमकुम सदन की चारदीवारी से निकलकर वो अब आज़ाद परिंदे की तरह पटना साइंस कॉलेज के कैम्पस में मस्त घूमा करते थे।

...और अब जवानी की ड्योढ़ी पर आ खड़े हुए समर साब फ़िलहाल अपनी नयी-नयी मुहब्बत के फेरे में अपने रक़ीब आदित्य वर्मा के शानदार डीलडौल से निबटने के उपक्रम में जुटे हुए थे। अशोक राजपथ के एक किनारे अपने कॉलेज हॉस्टल से सटे 'रॉक स्टार जिम' की वार्षिक सदस्यता लेने के बाद से समर प्रताप सिंह को कॉलेज परिसर में अपनी सिकुड़ी हुई छाती फुलाकर घूमते अक्सर देखा जा सकता था।

दरअसल, हुआ कुछ यूँ था कि उस लैब वाली घटना के लगभग दस-पंद्रह दिन बाद ही शगुन संग बढ़ रही दोस्ती से उत्साहित होकर समर साब एक फ़िल्म की शाम वाले शो की दो टिकटें ख़रीद लाये थे। पूरे दिन अकेले में पूछने का कोई मौक़ा हाथ लगा नहीं तो सकुचाते-से शरमाते-से कैंटीन में बैठी सहेलियों के सामने ही उन्हें पूछना पड़ा था शगुन से, क्योंकि फ़िल्म शुरू होने में बस दो घंटे ही बचे थे...

"हाय शगुन! कैसी हो? क्या कर रही हो आज शाम को?" कैंटीन अगर कोई युद्ध-क्षेत्र होता और समर प्रताप सिंह उस में युद्धरत कोई सैनिक, तो इस अद्भुत पराक्रम पर उन्हें निश्चित रूप से वीरता के सर्वोच्च पुरस्कार परमवीर चक्र से नवाज़ा जाता।

"हाँ समर, बोलो! ठीक हूँ मैं... एकदम मस्त, देख ही रहे हो! शाम को ऐसा कुछ ख़ास तो नहीं कर रही। बोलो क्या बात है?" शगुन की आवाज़ में घुली हुई प्यानो की खनक मानो पूरे कैंटीन को अपने आग़ोश में लपेट रही थी।

"कुछ नहीं शगुन...बस ऐसे ही! वो... वो हमने...वो हमने न...!" समर साब की ज़ुबान एकदम अचानक उनके मन की बात का साथ छोड़ते हुए युद्ध-क्षेत्र से भगोड़ी हो गयी थी।

"हाँ बोलो न समर! बात क्या है?" उधर प्यानो थी कि अपनी ही रौ में खनक रही थी।

"वो... वो शाम में फ़िल्म देखने चलोगी हमारे साथ?" ज़ुबान ने किसी तरह वापस अपना मोर्चा सम्भाल लिया था।

साथ बैठी लड़कियों का ज़ोर का ठहाका निकला।

"आय हाय समर... बस शगुन को ले जाओगे फ़िल्म दिखाने?" यह ऋतिका थी, शगुन की सबसे पक्की वाली सहेली।

"अरे नहीं... नहीं! तुम लोग भी चलो न!" समर प्रताप सिंह ने उन ठहाकों की गोलाबारी से ज़ख़्मी होते हुए कहा।

"समर फिर किसी दिन चलेंगे। आज हमारी गर्ल्स गैंग की पहले से कुछ प्लानिंग है।" प्यानो की धुन जैसे थोड़ी कर्कश-सी हो गयी।

समर प्रताप सिंह फ़िल्म की दोनों टिकटों के चीथड़े कॉलेज में बिखेरते हुए वापस अपने हॉस्टल आ गए थे।

बात यहीं तक रहती तो भी ठीक था। जाने कैसे लड़कियों के गैंग से उड़ती-फिरती ख़बर अगले दिन आदित्य वर्मा तक पहुँच गयी थी।

उस शाम हॉस्टल के कॉरिडोर में लम्बे-से, तगड़े-से आदित्य वर्मा ने डिनर के लिए मेस जा रहे पतले-से, दुबले-से समर प्रताप सिंह को रोक लिया।

"ओय समर... सुना है तुम कॉलेज की लड़कियों को फिल्लम-विल्लम ले जा रहे थे कल। क्या हुआ? तुम्हारे बाप ने अपनी पार्टी वाले फंड से शो बुक करवा दिया था क्या?"

"आदित्य वर्मा... माइंड योर लैंग्वेज... एंड योर बिजनेस बोथ!" समर साब ने पलट कर बिफ़रते हुए कहा।

"हाय रे ये अंग्रेजी तुम्हारी! क्या हुआ... तुम्हारी हिंदूवादी पार्टी को यह अंग्रेजी से कैसे प्यार हो गया?" कहते हुए आदित्य वर्मा ने अचानक से समर प्रताप सिंह की गर्दन पकड़ते हुए उन्हें कॉरीडोर की दीवार से चिपका दिया और अपना चेहरा उनके चेहरे के बिल्कुल नज़दीक लाकर आगे के एक-एक शब्द को चबाते हुए कहा... "एंड जस्ट फॉर योर इन्फॉर्मेशन, शगुन सिन्हा इज वेरी मच माय बिजनेस!"

"गेट लॉस्ट...छोड़ो मुझे!" समर साब ने प्रतिरोध करने की असफ़ल कोशिश की।

"अपनी हद में रहना आगे से समर प्रताप सिंह!" कहते हुए आदित्य वर्मा ने अपने दायें हाथ का एक ज़ोरदार मुक्का समर साब के पेट में जड़ दिया। कराहते हुए समर वहीं देर तक कॉरीडोर के फ़र्श पर बैठे रहे।

ये मुहब्बत के तिलिस्म जैसा ही कुछ था कि समर प्रताप सिंह इस पूरे प्रकरण को यूँ भुलाकर कि जैसे कुछ हुआ ही नहीं हो, वापस शगुन सिन्हा की इबादत में जुट गए थे। हद तो तब हो गयी, जब किसी लड़के ने फ़ेसबुक पर बाक़ायदा समर प्रताप सिंह और आदित्य वर्मा को टैग करते हुए ग़ालिब का शेर भी लगा दिया-

रोने से और इश्क़ में बेबाक हो गए
धोए गए हम इतने कि बस पाक हो गए।

वो दिन था और फिर ये दिन कि हर सुबह समर प्रताप सिंह अशोक राजपथ पर हाथ में पानी की छोटी-सी बोतल और कानों में 'इयर प्लग' लगाए दौड़ते नज़र आते और देर शाम तक रॉक स्टार जिम में डम्बल मारते दिखते थे। उन्हें लगता कि उनकी और आदित्य वर्मा की दुश्मनी जाने कितने हज़ार सालों से चली आ रही जन्म-जन्मांतर की दुश्मनी है। अक्सर हॉस्टल के अपने कमरे के एकांत में वह तरह-तरह के सपने देखते, जिनमें विलेन आदित्य वर्मा होता और हीरो वो ख़ुद।

हर कहानी का अंत आदित्य वर्मा के बुरी तरह पिटने से और शगुन का दूर से दौड़ते हुए आकर उनके सीने से लिपट जाने से होता था।

वक़्त यूँ ही बीतता जा रहा था बस कि उसका होना उसके बीतते रहने में ही तो है न...!

शगुन की तरफ़ से जाने क्या था, नहीं था... जो भी था वो शायद ही किसी को पता था। वो क्लास में, कॉलेज की कैंटीन में, कॉरिडोर में उन्हें देखकर मुस्कुराती... हाल-चाल पूछ लेती और समर साब इतने में ही निहाल हुए रहते।

शगुन की सहेलियाँ क्यों-उस-बेचारे-को-यूँ-तरसा-रही-हो वाली समझाइश के साथ कई बार उसे समझाने की कोशिश भी करती थीं। अभी उस बीती शाम को ही शगुन और उसकी सहेलियों के बीच हो रही बातचीत से अगर कोई सूत्र हासिल होता और काश कि उस बातचीत के अंश रिकॉर्ड कर कोई समर प्रताप सिंह को सुनवा पाता...

"ओय शगुन, क्यों उस बेचारे समर को इतना लाइन देती रहती हो तुम?" शगुन की सबसे ख़ास सहेली ऋतिका ने ज़रा-सा तुनक कर कहा था।

"यार मैं कहाँ लाइन-वाइन देती हूँ उसे, वो तो उस दिन लैब में उस पर एसिड गिरा दिया था तो थोड़ी-सी सिम्पैथी दिखाती हूँ... बस।" प्यानो ने खिलखिलाते हुए अपनी धुन छेड़ी थी।

"यूँ न छेड़ों उस आशिक़ बेचारे को शगुन! कुछ कर-वर न बैठे वह!" दूजी सहेली ने चिंतातुर होते हुए कहा।

"अरे कुछ नहीं करेगा वो कद्दू! लेकिन सच कहूँ, वह जो टुकुर-टुकुर निहारता रहता है न मुझे, यह बहुत अच्छा लगता है दिल को।" प्यानो पर मानो सरगम मचल रही थी।

"लेकिन ये ठीक नहीं है शगुन... तेरी ज़िन्दगी में पहले से ही आदित्य है, फिर क्यों उस समर को कोई होप दे रही हो? दिस इज नॉट फ़ेयर यार!" ऋतिका ने थोड़ा गंभीर होते हुए कहा।

"चुप करो तुमलोग... मैं कोई होप-वोप नहीं दे रही उसे। उस बेवकूफ़ को ख़ुद समझ में नहीं आता क्या... हुँह!" ऐसा लगा जैसे प्यानो की कई सारी कुंजियों को किसी ने एक साथ दबा दिया हो।

इस समझाइश से अनजान समर साब तो मान बैठे थे कि शगुन उनसे प्यार करती है और अभी फ़िलहाल लजाती है। इस गुमान में वह और दौड़ते, और डम्बल मारते... और कल्पना में डूबते जाते। जिस रोज़ शगुन फ़ेसबुक पर अपनी अपलोड की हुई तस्वीरों में अपने अन्य दोस्तों के साथ उन्हें भी टैग कर देती, उस रोज़ समर साब के दिल में उठती तरंगें हॉस्टल के पीछे बहती गंगा की लहरों से मुक़ाबला करने लगतीं।

फ़ेसबुक पर अपलोड हुईं शगुन की चंद तस्वीरों में डूबे हुए ही थे वो कि मोबाइल पर व्हाट्सएप का नोटिफ़िकेशन चमक उठा।

मुनमुन थी...

"मुद्दत हुई ब्रो! व्हाट द हेल... लेट्स मीट! सेम प्लेस इन हाफ़ एन आवर... ड्रैग योर हेल्थी लेग्स नाऊ!"

... का हुक्म लिए।

उसकी मुनमुनिया... पूरी पृथ्वी पर इकलौती शख़्स, जिसके लिए समर प्रताप सिंह शायद शगुन सिन्हा को भी छोड़ सकते थे।

"कैसी हो मेरी फ़ाइटर गर्ल?" आधे घंटे बाद फ्रेज़र रोड पर बने दोनों के पसंदीदा रेस्टोरेंट में पहुँचते ही समर प्रताप सिंह ने पूछा।

"मैं तो ठीक हूँ। तुमको क्या हुआ है बिग ब्रो? चमक से रहे हो।"

"क्या चमक रहे हैं यार... कुछ भी! यहाँ सेकेंड सेमेस्टर का सिलेबस साला ख़त्म होने का नाम नहीं ले रहा। अब एकदम से एग्ज़ाम्स भी आ गए हैं।"

"ओहो... तुम्हें सिलेबस की कब से चिंता होने लगी माय ब्रेनी ब्रो? तुम तो यार एक बार जो देख भर लेते हो, जाने कैसे याद रह जाता है। देखा है

तुमको कितनी ही बार तो... किताब को छूते तक नहीं हो और फिर भी सारे एग्जाम्स में इतने अच्छे मार्क्स ले आते हो! बातें न बनाओ!"

"काहे के अच्छे मार्क्स! यहाँ साइंस कॉलेज में तो हमारी पीठ पीछे सब बोलते रहते हैं यार... बड़े नेता का बेटा है, तो जुगाड़ से 87% में ही एडमिशन हो गया।"

"बोलने दो न, जिसको जो बोलना है। मेरे वुमेन्स कॉलेज में भी यही हाल है यार। सब लड़कियाँ पीठ पीछे खुसर-फुसर करती रहती हैं, पापा को लेकर। आय गिव अ डैम टू देम! छोड़ो यार ये सब ब्रो... कोई गर्लफ्रेंड-वर्लफ्रेंड बनी की नहीं अभी तक?"

"पता नहीं मुनमुनिया... एक है तो सही। लेकिन हमको समझ में नहीं आ रहा अभी कि उसके मन में क्या है।" थोड़ा लजा से गए थे समर साब ये कहते हुए।

"आय हाय... मेरे शर्मीले प्रिंस चार्मिंग! कौन है वो? जरा मुझे भी तो पता चले यार, तो डोले-सोले उसी के लिए बनाए जा रहे हैं?"

"भक्क... !"

"क्या भक्क? बताओ तो कौन है... फोटो तो दिखा दो यार कम से कम! देखूँ तो सही कि मेरी भाभी मैटेरियल है भी कि नहीं!" मुनमुन पूरे मूड में थी।

"है यार... बताएँगे हम, जब उसकी तरफ़ से सब पक्का हो जाएगा। बड़ी सुन्दर है वो... और पता है, बोलती है तो लगता है मानो एकदम से प्यानो ही बज रहा हो कोई।"

"हाय रेsss!!! शायर हो गया मेरा भाई तो मुहब्बत में! किमाम-विमाम की ख़ुशबू भी आती है क्या उसकी बातों में?"

"हाहाहाहाहाहा... हाँ मुनमुन... शायद आती तो है कि हम हर लम्हा ख़ुशबू ख़ुशबू हुए रहते हैं इन दिनों!"

"अरे भाई... मेरे भाई... ये तो मुहब्बत हो गयी है मेरे भाई को। बचाओ रे इसको कोई! अब तेरा क्या होगा कालिया?"

“अब जो होगा देखा जाएगा गब्बर बॉस!”

“उस लड़की को पता भी है ब्रो?”

“पता नहीं मून... पता तो होगा ही यार! क्या नज़रें ख़ुद से नहीं कह देती हैं दिल के राज़ सब? हमको लगता है, उसको पता है।”

“देख लो ब्रो! ऐसे सिचुएशन में ये तुम्हारे ‘लगता है’ का कोई भरोसा नहीं होता है। इट्स बेटर यू टेल हर बिफ़ोर इट्स टू लेट!”

“बोल तो तुम ऐसे रही हो मून, जैसे ख़ुद पीएचडी कर रखी हो इस सब्जेक्ट पर!”

“इस सब्जेक्ट पर मुझे पीएचडी करने की ज़रुरत नहीं ब्रो। लड़की हूँ और लड़की के प्वाइंट ऑफ़ व्यू से बोल रही हूँ। यू बॉयज न... एक्चुअली यू गायज़ आर फ़ूल्स! अपनी ही दुनिया में फ़ैन्टेसाइज़ करते रहते हो तुम लोग। बिना दिमाग लगाए कि उधर लड़की क्या सोच रही है। जस्ट लिसेन टू दिस सिस्टर ऑफ़ योर्स और उस लड़की को बताओ अपनी फ़ीलिंग्स के बारे में। वरना पता चला कि किसी दिन मेरा हीरो भाई गंगा किनारे चिलम फूंक रहा है और हीरोइन को कोई और उठा कर ले गया।” मुनमुन एक साँस में इतना कुछ बोल गयी।

“अबे चिंता न करो तुम। ऐसी नौबत नहीं आने देंगे हम। तुम अपनी सुनाओ। कैसी चल रही तुम्हारी कॉलेज लाइफ़?” समर साब ने चतुराई से विषय परिवर्तन किया कि इस वक़्त वो शगुन सिन्हा पर अपनी बहन से बहस नहीं करना चाहते थे।

“ठीक ही चल रहा है यार। पढ़ाई में तो मेरा मन लगता नहीं। दोस्तों के साथ एक ट्रिप बन रहा है मनाली का...अगले हफ़्ते। जाना है यार, पता नहीं पापा मानेंगे कि नहीं!”

“तुझे कब से पापा के मानने या न मानने की फिकर होने लगी यार? एक तुम ही तो हो, जिससे वो सहमे से रहते हैं।” समर साब ने मुस्कुराते हुए कहा।

"अरे यार, वो कुछ लड़के भी जा रहे हैं न। मैं अपनी सारी बात ज़रूर मनवा लेती हूँ पापा से, लेकिन लड़कों का सुनकर भड़क जायेंगे वो।" मुनमुन ने थोड़ा गंभीर होते हुए कहा।

"अबे तो बताओ ही मत न उनको कि ट्रिप पर लड़के भी जा रहे हैं... और ये तुम्हारे कॉलेज में लड़के कहाँ से आ गए?" समर साब थोड़े से बड़े भाई वाले अवतार में आ गए।

"ब्रो, तुम भी न! ज़रूरी है कि मेरे कॉलेज में लड़के न पढ़ते हों, तो उनसे दोस्ती भी नहीं हो सकती है? ग़ज़ब करते हो!" मुनमुन ने तुनकते हुए कहा।

"ओय...ओय, गुस्सा काहे रही हो। हम तो छेड़ रहे थे बस। वैसे इन लड़कों में तुम्हारा भी कोई दोस्त-वोस्त है क्या?"

"एक है तो ब्रो। अच्छा लड़का है। साल भर पहले ही दोस्ती हुई है।"

"दोस्त है कि वोस्त है?" समर साब ने छेड़ते हुए पूछा।

"शट-अप यार! तुम भी न! दोस्त ही है बस। बस दोस्त!" मुनमुन ने खिलखिलाते हुए जवाब दिया।

"है कौन? कुछ तो बताओ!"

"सुनकर चौंक जाओगे!"

"अबे कौन है यार ऐसा...तुम तो सस्पेंस बढ़ा रही हो!"

"तुषार...तुषार यादव। अमरकांत यादव का बेटा।" मुनमुन ने लगभग फुसफुसाते हुए कहा।

"अबेsss!!! दी अमरकांत यादव? वो बाहुबली विधायक? अपना एजुकेशन मिनिस्टर न? उसी की बात कर रही हो न तुम मून?" समर साब की आँखें चौड़ी हो गयी थीं।

"यस माय डियर ब्रो...द सेम वन।" मुनमुन की हँसी में थोड़ी-सी दुष्टता शामिल हो गयी थी।

“मरवाओगी तुम यार! पापा का अव्वल नंबर का दुश्मन है वो तो। पापा हेट्स हिम लाइक एनी थिंग। अभी दो-तीन दिन पहले ही तो उसने पापा के ख़िलाफ़ कुछ गंदा-सा स्टेटमेंट दिया है।”

“आय नो ब्रो...आय नो! अब दोस्ती हो गयी तो हो गयी। आय कांट हेल्प इट...आय जस्ट कांट यार!” मुनमुन ने कंधे उचकाते हुए जवाब दिया।

“इस लड़के को तो देखते रहते हैं हम अक्सर...इस तुषार को। हार्ले डेविडसन पे घूमता रहता है। हैंडसम है बंदा, मून!” समर साब भी मुस्कुरा रहे थे।

“हाँ वही...वही। है तो हैंडसम...सच में हैंडसम यार।” मुनमुन फिर से खिलखिला रही थी।

“सही रिबेल पैदा हुई है ठाकुर सुदर्शन प्रताप सिंह के घर में। वह एक पुरानी फ़िल्म है न सलमान ख़ान की सनम बेवफ़ा, जिसमें डैनी बाप होता है उसका। प्राण भी है। डैनी और प्राण के कबीले की दुशमनी होती है आपस में और सलमान ख़ान को प्राण की बेटी से प्यार हो जाता है।” समर साब बोले जा रहे थे।

“यार ब्रो...तुम भी क्या पैरेलल ड्रा कर रहे हो। कुछ भी मतलब...!” मुनमुन ने बीच में बोलते हुए कहा।

“सुनो तो...फ़िल्म में डैनी का एक डायलॉग है। जब उसे सलमान ख़ान के इश्क़ के बारे में पता चलता है तो वह बोलता है...शाबाश बेटे, मुहब्बत भी की तो दुश्मन की बेटी से। हहहाहा!” समर साब ने ठहाका लगाते हुए कहा।

“हाहाहा...बट आय एम श्योर ब्रो कि हम दोनों के खडूस पिताश्री को ऐसे डायलॉग मारने की नौबत नहीं आएगी और आएगी तो वह डायलॉग नहीं मारेंगे ब्रो, तुम्हारी इस छोटी बहन को मारेंगे, वह भी जान से।”

दोनों के बुलंद ठहाके ग़ज़ब की संगत कर रहे थे, रेस्टोरेंट की झिलमिल-झिलमिल रौशनी के साथ।

आँखें भी कमाल करती हैं
पर्सनल से सवाल करती हैं

इधर दूसरा सेमेस्टर जैसे-तैसे संपन्न हुआ, समर प्रताप सिंह की आशंका के विपरीत एकदम ठीक-से और ठाक-से...और उधर प्रदेश की घमासान राजनीतिक उठा-पटक के साथ एक सफल चुनाव। ठाकुर सुदर्शन की अपने इलाके से लगातार चौथी जीत ने पार्टी में उनके पहले से बुलंद रुतबे को एक अलग ही मुक़ाम दे दिया था। हालाँकि तमाम अपेक्षाओं और नयी लहर की उछाल मारती तरंगों के बावजूद प्रदेश में उनकी पार्टी बहुमत में आने से रह गयी थी और ठाकुर साब एक बार फिर विधान सभा के विपक्ष वाले ख़ेमे में बैठने को विवश थे। इस बार भी उन्हें केंद्र में मंत्रिमंडल का हिस्सा होने के लिए बुलाये जाने की बात ज़ोर-शोर से उठी थी, लेकिन ठाकुर सुदर्शन ने पूरी विनम्रता से फिर-फिर उस बुलावे को ठुकरा दिया था।

उधर कुमकुम सदन में ठाकुर सुदर्शन प्रताप सिंह की विजय का जश्न अपने पूरे उफ़ान पर था। इधर समर प्रताप सिंह का पूरा बैच गंगा नदी के किनारे कॉलेज कैम्पस के ठीक पीछे वाले काली घाट पर सेमेस्टर की समाप्ति का उत्सव मनाने इकट्ठा हुआ था।

उधर स्कॉच का सैलाब उमड़ रहा था, तो इधर बियर की बरसात हो रही थी।

नवंबर की हल्की-सी गुनगुनी सर्दी। गंगा की लहरों को छूकर आती हुई ठंडी हवा के झोंके।

...और इत-उत कोने से जब-तब आती किसी प्यानो की धुन-सी हँसी।

समर प्रताप सिंह काली घाट की उन सीढ़ियों पर जीवन भर के लिए धूनी रमा लेना चाहते थे।

कोई लड़का गिटार के साथ उधर ही किसी सीढ़ी पर गा रहा था- "तुझे थामे कई हाथों से फिरूंगा मद भरी रातों में..."

एकदम से समर साब को लगा कि...

"सच में तो! शगुन जैसी लड़की को थामने के लिए दो नहीं कई हज़ार हाथों की दरकार होगी न!"

वह अचानक जैसे चीख़-से पड़े थे...

"सुनो शगुन! सुनो तो!!"

मगर आवाज़ लहरों से टकराकर लौट आयी थी। वह तो अकेले ही बैठे थे, पूरी भीड़ से दूर बियर की चुस्कियाँ लेते हुए।

सारे लड़के-लड़कियों का झुण्ड तो गिटार के इर्द-गिर्द इकठ्ठा था। कुछ बियर की करामात थी, तो कुछ गंगा के पावन तट पर प्रेम के हिलोर मारती लहरों का असर कि समर साब के अन्दर बैठा हुआ एक निहायत ही बेसुरा गायक एकदम से गाने को मचल पड़ा था। एक उलझा हुआ-सा ठहराव था कि गिटार के साथ संगत देने वाले लड़के ने अभी-अभी अपना गाना ख़त्म ही किया था और ओय-तू-गा-सुन-तू-वो-वाला-गा का कोहराम मचा हुआ था। समर साब अभी-अभी गायी हुई पंक्ति को एकदम से अपने सप्तम में लाकर गा पड़े थे... "तुझे थामे कई हाथों से।" उनके इस अचानक से उठाये गए आलाप की क्रूरता से ज़ख़्मी हुई सीढ़ियों पर लड़के-लड़कियों की हँसी के फव्वारे, नीचे गंगा नदी के पानी के स्तर को ख़तरे के निशान तक पहुँचा दे रहा था।

"आज-गाने-की-ज़िद-न-करो" के गुनगुने मरहम का लेप लिए और समर साब को चुप कराने के इरादे से शगुन अपने घर से आये छट पूजा के पकवान गुझिया और ठेकुआ देने बढ़ी। उसी दौरान थोड़ी देर के लिए... बस थोड़ी ही देर के लिए उसका हाथ समर साब की हथेली पर ठिठका रहा था कि ठीक उसी वक़्त शगुन का मोबाइल बज उठा था और वह बायें हाथ से मोबाइल उठाये बात करने लगी थी।

दायाँ हाथ जैसे हज़ार दस हज़ार साल तक के लिए समर प्रताप सिंह के हाथ से चिपका रह गया।

वह लम्हा आने वाले महीनों तक समर साब की हथेली पर चिपका रहने वाला था। उस न ख़त्म होने वाले लम्हे के दौरान ही शगुन का हाथ थामे-थामे जाने कहाँ से समर साब के होठों पर चंद पंक्तियाँ उमड़ पड़ी थीं...

चूमे जाने से लम्हे भर पहले तक
वो धूप-सी सुलग रही थी
और अब बरस रही है
बारिशों की तरह

...उफ़-उह-अहा-आहा की बौछार ही होने लगी थी, वहाँ खड़े लड़के-लड़कियों के मुँह से। समर प्रताप सिंह का ये अवतार सबके लिए तो अप्रत्याशित था ही, ख़ुद समर साब ने भी कभी नहीं सोचा था कि अपनी डायरी में लिखी बेतरतीब कविताओं को किसी रोज़ वह यूँ सबके सामने सुना बैठेंगे।

"उस दिन मुनमुन सही कह रही थी क्या? मुहब्बत ने सचमुच उसे शायर तो नहीं बना दिया!"

अभी अपने इस नये अवतार से वह उबर ही रहे थे और तारीफ़ के दो बोल की उम्मीद में शगुन की तरफ़ थोड़ा-सा लजाते हुए ढंग से देख भी नहीं पाए थे कि आँखों के आगे सितारे नाच उठे। लम्बे-से तगड़े-से आदित्य वर्मा का एक नपा-तुला मुक्का सीधा समर साब के चेहरे से आ टकराया था।

"मैंने तुमको समझाया था न समर उस दिन? भूल गए इतनी जल्दी?" फुसफुसाते हुए कहा था आदित्य वर्मा ने।

कोहराम जैसा जो कुछ भी होता है, वह उस काली घाट की सीढ़ियों पर मच चुका था। पूरा बैच दो दलों में विभक्त हो चुका था। एक तरफ़ तो उन लड़के और लड़कियों का दल था, जो आदित्य-शगुन की नज़दीकियों से

बैठे-ठाले जलते-भुनते रहते थे और साथ ही समर प्रताप सिंह के पॉलिटिकल बैकग्राउंड के कारण उनके नज़दीक बने रहना चाहते थे। दूसरी तरफ़ उन लड़के-लड़कियों का दल था जो या तो समर प्रताप के उसी पॉलिटिकल बैकग्राउंड की वजह से उनसे चिढ़ते थे या फिर आदित्य-शगुन के क़रीबी थे।

बियर के बॉटल्स और कैन्स के झागों-सा उफ़नता ग़ुस्सा गंगा की शोर करती लहरों को भी कमतर कर रहा था।

सारा माहौल शायद और उग्र हो उठता, यदि शगुन ने समर प्रताप सिंह की नाक से बहता हुआ ख़ून नहीं देख लिया होता। प्यानो की सबसे पतली धुन उकेरने वाली कोई कुंजी एकदम से चिहुंक उठी थी जैसे...

"ओह! ये तो बहुत ख़ून बह रहा समर!"

"अरे कुछ नहीं है शगुन। अभी ठीक हो जाएगा।" समर साब एकदम से पास आ गयी शगुन के बदन की तपिश से पिघलकर काली घाट की सीढ़ियों से बहते हुए गंगा के पानी में मिले जा रहे थे।

सीढ़ियों पर औंधे पड़े समर प्रताप सिंह के पास बैठते हुए शगुन ज्यों ही उनका सिर अपने हाथों से थामते हुए अपने दुपट्टे से ख़ून को पोछने लगी, समर साब को बहुत अफ़सोस हुआ कि आदित्य सिन्हा के मुक्के से उन्हें और ज़्यादा चोट क्यों नहीं आयी।

तब तक शगुन बरस पड़ी थी आदित्य वर्मा पर...

"व्हाट डू यू थिंक ऑफ योर सेल्फ? हाँ आदी... बोलो! क्यों... क्यों मारा आख़िर इसको तुमने? व्हाट द हेल इज रौंग विद यू? लुक एट हिम... जस्ट लुक एट हिम। कितना ख़ून बह रहा है। कहीं कोई नाक की हड्डी वगैरह न टूट गयी हो यार!"

"न! न! कुछ नहीं हुआ शगुन... अभी सब ठीक हो जायेगा। डोंट... डोंट यू वरी एट ऑल!" समर प्रताप सिंह का वश चलता तो अगले हज़ार दस हज़ार सालों तक उनके ज़ख्मों से ख़ून बहता रहता और वो यूँ ही लेटे

रहते शगुन सिन्हा का दुपट्टा छूते हुए उसकी गोद में इन हज़ार दस हज़ार सालों तक।

"कुछ कैसे नहीं हुआ है, समर! यू से सॉरी टू हिम आदी... अभी के अभी माफ़ी मांगो तुम!"

शगुन सिन्हा का फ़रमान जारी हुआ और आदित्य वर्मा किसी यंत्रचालित रोबोट की तरह लम्बे-लम्बे डग भरता हुआ समर के पास पहुँचा। पहले तो बड़े ही गर्मजोशी से उसने समर का हाथ पकड़ते हुए उसे एक झटके से उठाया और फिर गले से लगाते हुए कहा...

"सॉरी यार... जाने क्या हो गया था मुझे। माफ़ कर दो!"

समर साब को समझ में नहीं आया कि कमीना माफ़ी मांग रहा था उनसे या शगुन की नज़दीकी वाली जिस तपिश का वो अब तक लुत्फ़ ले रहे थे, उससे दूर कर रहा था। वो तो इस ज़बरदस्ती की झप्पी से छिटककर वापस उसी नर्म गोद में गिर जाना चाहते थे।

"अरे कोई नहीं आदित्य। इट्स ओके यार!"

"आय एम रियली-रियली सॉरी यार। तुम कुछ और सुनाओ न। पता ही नहीं था कि तुम पोएट्री करते हो! यारो, लेट्स हीयर इट फ्रॉम समर प्रताप सिंह... और पार्टी अभी बाक़ी है दोस्तो!"

"अरे नहीं नहीं यार... कोई पोएट्री-वोएट्री नहीं करते हैं हम। वह तो बस यूँ ही कुछ कुछ बोल गए थे ।"

"सुनाओ न कुछ समर... प्लीज़!" तभी प्यानो एकदम से बजी... मुड़ कर देखा समर साब ने।

जाने क्या तो था उन बड़ी-बड़ी टुक-सी निहारती आँखों में कि बेबस से बोल पड़े-

"आँखें भी कमाल करती हैं
पर्सनल से सवाल करती हैं"

एक ज़ोर की मिली-जुली सम्मिलित हँसी काली घाट की सीढ़ियों पर गूँज उठी और गंगा की लहरों के शोर ने वापस अपनी लय थाम ली थी।

“अबे समर... तुम्हारी पोएट्री की बात हो रही थी। गुलज़ार को चेपने की बात नहीं हो रही थी।” वहाँ बैठे लड़कों में से किसी ने कहा तो ठहाके मचल उठे।

“हाँ... हाँ, अपनी भी सुना देंगे हम। अच्छा सुनो सब... सुनो तो, एक बात बताओ पहले।” समर साब वाकई शायरी की तरफ़ मुड़ रहे थे शायद...

“ये जो गीत है, इतना सुन्दर लिखा है गुलज़ार ने। लेकिन उसने बीच में एक इंग्लिश का वर्ड जाने क्यों ठेल दिया। पूरे गीत में इतने ख़ूबसूरत हिन्दी और उर्दू वाले वर्ड्स हैं। क्या गुलज़ार की वॉकैब्लेरी इतनी वीक होगी कि पर्सनल-से-सवाल-करती-है से काम चलाना पड़ा श्रीमान जी को? कैसा तो चुभता है ये एक वर्ड इस पूरे गाने में? एक डर्टी पैच जैसा किसी झक्क सफ़ेद ड्रेस पर?”

“अरे... सच में समर। अब कह रहे हो तो रियली में लग रहा ऐसा। इतनी बार सुने इस गाने को लेकिन इस तरह से कभी सोचा ही नहीं था।” यह ऋतिका थी... शगुन की सबसे पक्की वाली सहेली।

“हाँ यार... सच में ध्यान नहीं दिया था अभी तक! वैसे सच कहूँ मैं, तो... मुझे इस गाने की कई लाइन्स कभी समझ में ही नहीं आती हैं। वह एक जगह है न... तेरा आना भी गर्मिये ईलू है। क्या मतलब हुआ यार इसका?” प्यानो खनकी थी।

“ओहो शगुन... वो गर्मिये ईलू नहीं... गर्मियों की लू है। तेरा आना भी गर्मियों की लू है... लू... द हीट वेव!” समर साब ने बड़े नाज़ से समझाया शगुन को।

“हाएएए... हाउ ब्यूटीफुल! मैं तो आज तक इसको ईलू ही समझ रही थी। तुमने समझाया तो यही लाइन कितनी सुन्दर लग रही है अब। कितनी प्यारी बात कही है न!”

शगुन ने कुछ यूँ कहा कि समर प्रताप सिंह का एकदम से मन किया कि वह उससे कस कर लिपट जाएँ!

काश कोई वक़्त को यहीं थाम लेता और वह इसी तरह शगुन के साथ दुनिया भर के गीतों पर बात करते रहते!

"समर... समर सुन, एक और लाइन है इस गाने में जो मेरे भी पल्ले नहीं पड़ती यार!" आदित्य वर्मा भी टपक पड़ा था, लजीज़ क़बाब में बे-रस हड्डी की तरह।

"कौन सी लाइन आदित्य?"

"एक वो बीच में गाते हैं न अमिताभ बच्चन और अभिषेक बच्चन... तुझसे मिलना पुरानी दिल्ली में वाली लाइन के बाद? क्या तो बोलते हैं यार बहुत अजीब सा... पल निमानी दरी बेतलब... क्या मतलब हुआ इसका?"

"हहा... हहहहाहा... हहहाहा!" समर प्रताप सिंह का ठहाका थमने का नाम नहीं ले रहा था।

जहाँ शगुन के सवाल पर उनको प्यार... बहुत सारा प्यार आया था, वहीं आदित्य के इस सवाल के बाद वह उसको बेईज्ज़त करने का सुनहरा मौक़ा हाथ से जाने देना नहीं चाहते थे।

"यू डम्ब आदित्य वर्मा...अबे ये पल निमानी दरी... क्या होता है बे? आई मीन रियली... दिस? हमको लगा तुम बहुत स्मार्ट हो?" समर साब के ज़हर बुझे तीर कतई क़ातिलाना थे।

"हाँ, तो मुझे जो समझ में आया वही पूछा न? तुम बताओ न इसका मतलब... बड़े पोएट हो न?" चिढ़ते हुए आदित्य वर्मा ने कहा।

"तुझसे मिलना पुरानी दिल्ली में... छोड़ आये कहानी दिल्ली में... बल्ली मारां से दरीबे तलक... तेरी मेरी कहानी दिल्ली में।" समर प्रताप सिंह ने गीत की सही पंक्तियों को गुनगुनाते हुए कहा। "पल-निमानी-दरी नहीं, बल्ली मारां से दरीबे तलक... दोनों जगह के नाम हैं। बल्ली मारान दिल्ली के चांदनी

चौक का एक मुहल्ला है, जहाँ मशहूर शायर मिर्ज़ा ग़ालिब रहते थे और दरीबा भी चांदनी चौक के एक बाज़ार का नाम है। समझे आदित्य वर्मा!"

"समझ गए पोएट जी। थैंक यू सो मच!"

"यार ये सब छोड़ो... मुझे तो कोई ये बताओ कि ये अंगड़ाई कैसे टूटती है या नहीं टूटती है?" शगुन ने बातचीत का रुख़ एकदम से मोड़ते हुए कहा, जिस पर पूरे बैच की हँसी के फव्वारे देर तक काली घाट की सीढ़ियों पर टिपिर-टिपिर बरसते रहे थे। उस हँसी की बरसात के साथ ही समर प्रताप सिंह ने आहिस्ते से कोई शायरी जैसा कुछ मारा था...

ख़बर मिली है जबसे ये कि तुमको हमसे प्यार है
नशे में तब से चाँद है, सितारों पर ख़ुमार है
भरी-भरी निगाह से ये देखना तेरा हमें
नसों में जैसे धीमे-धीमे बज रहा गिटार है

एकदम से उठे उह-आह-अश-अश ने समर प्रताप सिंह को स्थापित शायर बना दिया था। वह शाम जवान बनी रही, उस रात देर तक, बहुत देर तक या यूँ कहें कि सुबह होने तक।

काली घाट पर खींची गयी शगुन की अनगिनत सेल्फ़ीज़ के ख़ज़ाने में से चंद गिनी-चुनी सेल्फ़ी में समर साब भी शामिल थे। फ़ेसबुक पर जब वो सेल्फ़ीज़ "सेल्फ़ी-शगुन-की" के हैशटैग के साथ अपलोड हुईं, तो दो सेल्फ़ी में ख़ुद को भी टैग हुआ देख कर वो लहालोट होते रहे। फ़ेसबुक पर उन्हीं दिनों गहरे लाल रंग का दिल वाला लाइक नया-नया शुरू हुआ था। वही दिल, उन दोनों तस्वीरों पर चस्पा कर समर साब ने मान लिया था कि इसके ज़रिये उन्होंने शगुन सिन्हा को 'प्रोपोज़' कर दिया है।

#

मेरी अंगड़ाई न टूटे

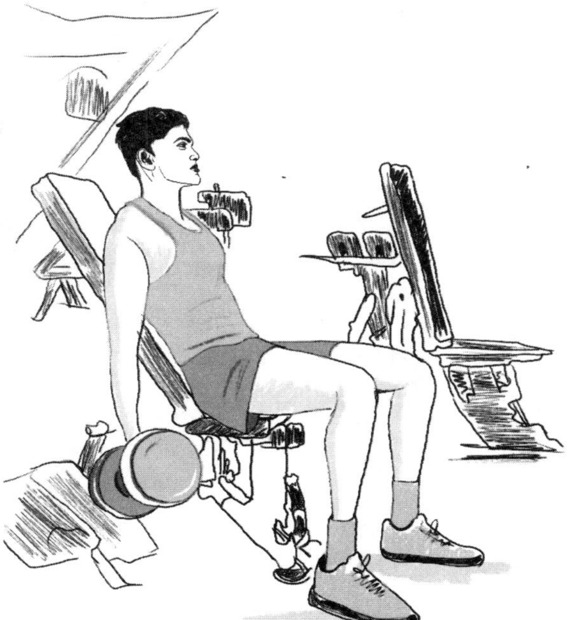

नये साल की शुरुआत हो चुकी थी। साथ ही प्रदेश की राजनीति में नयी सुगबुगाहट की भी। साल के मध्य में पंचायत के चुनाव होने वाले थे।

प्रदेश के समस्त मंडलों और दूर-दराज के गाँवों तक मुख्य चुनाव से पहले राजनीतिक पार्टियों के अपने दमख़म और बाहुबल को दिखाने के अखाड़े होते हैं, ये पंचायती चुनाव।

विगत दो सालों से देश की राजधानी में सत्तारूढ़ ठाकुर सुदर्शन प्रताप सिंह की पार्टी, जो अब तक बिहार समेत बस दो-तीन अन्य प्रदेशों में ही अपना रुतबा साबित नहीं कर पायी थी, इन सारे पंचायत चुनावों को भी बड़ी गंभीरता से ले रही थी। ठाकुर सुदर्शन प्रताप सिंह पार्टी की इस गंभीरता को बहुत अच्छी तरह से समझते थे। उनकी व्यस्तता अपने चरम पर थी।

उन्हें तो शायद पता भी नहीं था कि उनके इकलौते सुपुत्र इस साल ग्रैजुएट होने वाले थे।

उधर उस काली घाट वाले हादसे के बाद सुपुत्र साब का ध्यान कोर्स की किताबों से तो बिल्कुल ही उचट चुका था। ध्यान जैसी जो कोई चीज़ थी, वो कमबख़्त या तो उन्हें शगुन की बाँहों में समेटे रहती या फिर आदित्य वर्मा की काल्पनिक धुलाई करवाती रहती। रॉक स्टार जिम के ट्रेनर की बात मानी जाए तो विगत दो-ढाई सालों में डम्बल मार-मारकर और अशोक राजपथ पर दौड़ते हुए लम्बी दूरियाँ नाप-नाप कर समर साब के डोले ठीक-ठाक आकार में आ गए थे। वह अब उन्हें बेंच प्रेस, चेस्ट प्रेस वगैरह की विस्तृत गुत्थियों से वास्ता करवा रहा था। रही-सही कसर हाल ही में रिलीज़ हुई 'बाग़ी' फ़िल्म ने पूरी कर दी थी।

टाइगर श्रॉफ का तराशा हुआ बदन ख़ुद के लिए चाहिए था समर प्रताप सिंह को और ठीक उसी की तरह अपनी श्रद्धा कपूर के लिए वह दुनिया भर से भिड़ जाना चाहते थे।

दरअसल, हॉस्टल के बाथरूम से लेकर कमरे तक पूरे कॉरिडोर में सिर्फ जींस पहनकर घूमता-टहलता हुआ आदित्य वर्मा अब बर्दाश्त नहीं हो पाता था समर साब को। इसमें कोई दो राय नहीं थी... और यह बात मन ही मन समर साब भी मानते थे। इतनी ईमानदारी तो थी उनमें... कि जींस में नंगे बदन घूमता हुआ आदित्य वर्मा का बदन उस तरह के खुल्लम-खुल्ला प्रदर्शन करने के क़ाबिल था भी।

उस दिन बेशक आदित्य ने शगुन के कहने पर सॉरी बोल दिया था, लेकिन हॉस्टल के गलियारे में जब-तब समर साब को हेल्लो-मिस्टर-पोएट-नाक-तो-ठीक-है-न कहकर छेड़ा ज़रूर करता था।

किसी दिन... बस किसी भी एक दिन इस दर्शनीय बदन वाले आदित्य वर्मा को समर प्रताप सिंह पीट-पीटकर हॉस्टल के मेस में मिलने वाले कचूमर सलाद में बदल देना चाहते थे।

बस वह ऐसा चाहते थे। फिलहाल उस चाहत को अंजाम नहीं दे पा रहे थे, तो सपनों में डूबे रहते थे।

उन्हें गुस्सा आता था अपनी माँ पर, अपनी दोनों बड़ी बहनों पर और अपने पापा पर... अपने आस-पास की हर चीज़ पर। उनके हिसाब से सबने मिलकर उनके ख़िलाफ़ एक सोची हुई और बहुत अच्छे से समझी हुई बड़ी साज़िश रची थी। बचपन से प्यार-दुलार को अतिशयोक्ति अलंकार की तरह उनपर थोपा गया। अन्य बच्चों संग उन्हें कहीं बाहर कहीं बाहर नहीं निकलने दिया गया, कि इतनी मन्नतों से आये सुकुमार साब को एक खरोंच न आ जाए।

ऐसी ही न जाने कितनी अनकही भावनाओं का बोझ उठाये समर प्रताप सिंह दिन-रात सुलगते रहते थे। कुछ परवरिश की बंदिशों ने तो कुछ उनके

अपने व्यक्तित्व की सीमा ने इस सुलगन को हमेशा उनके सीने में ही दबा रहने दिया था। कई बार उनका मन करता कि वह सारे रिश्ते-नाते, पढ़ाई-लिखाई, सामाजिक औपचारिकताओं से दूर... बहुत दूर कहीं निकल जाएँ, जहाँ उन्हें कोई जानता-पहचानता न हो। या फिर अपने ख़यालों के इन्हीं किन्हीं बेलगाम पलों में उनकी दिली इच्छा होती कि हथियार उठा लें... किसी गैंग में शामिल हो जाएँ... डाका डालें... अपना एक दुर्दांत माफ़िया गुट बना लें।

कभी-कभी तो उनके मन में यहाँ तक आता कि वह किसी 'सीक्रेट एसेसिन' गिरोह में शामिल हो जाएँ, जो पैसे लेकर हत्या करने का कारोबार करता हो।

ख़यालों के इस गुप्त तहख़ाने में बैठे-बैठे वह अपनी काल्पनिक हिट-लिस्ट बनाते रहते थे, जिसमें सबसे पहला नाम होता- आदित्य वर्मा।

आदित्य वर्मा से हुई दोनों मुठभेड़ों, जिनमें वह बुरी तरह से पिटे थे, का विस्तार उनकी कल्पनाओं की दुनिया में एक अलग ही अंत लिए होता था। मन के काल्पनिक 'स्क्रीन' पर अपने पीटे जाने के बाद के दृश्य को वह बार-बार अपने हिसाब से 'प्ले' करते थे। उन दृश्यों में पीटे जाने के बाद वह हमेशा उठकर वापस खड़े होते थे और आदित्य वर्मा की ज़बरदस्त धुलाई करते थे।

कमाल की बात यह थी कि समर प्रताप सिंह की इस हमेशा बनी रहने वाली तमतमाहट से कोई और वाकिफ़ नहीं था। ये रहस्यमयी और ढकी-छुपी तमतमाहट सारी दुनिया के लिए बिल्कुल ही अस्तित्त्वहीन थी।

ऐसे तमाम तमतमाए क्षणों के बीत जाने के बाद वो अक्सर पिछले के पिछले जन्मदिन पर मुनमुन का उपहार में दिया हुआ काऊ-ब्वाय हैट पहन लेते और ख़ुद को देर तक आईने में निहारते रहते थे और पहुँच जाते अपनी एक समानान्तर सपनों की दुनिया में। वह दुनिया, जो उन्होंने ख़ुद ही रची थी और जिसपर बस उनका आधिपत्य चलता था।

अभी हॉस्टल के अपने कमरे में आदमक़द आईने के सामने उसी हैट को पहने हुए जाने कहाँ तो विचरण कर रहे थे समर साब...

दोनों होठों के दाहिने कोने में दबी हुई सिगरेट सुलग रही है। काऊ-ब्वाय हैट सिगरेट के साथ ही संगत मिलाते हुए सिर के ऊपर दाहिनी ओर झुका हुआ है। कॉलेज के सेन्ट्रल लॉबी में फ़र्स्ट फ़्लोर से उतरने वाली सीढ़ी के निचले वाले पायदान पर हाथ में गिटार लिए लड़के-लड़कियों से घिरे समर प्रताप सिंह "होटेल कैलिफ़ोर्निया" की धुन बजा रहे हैं। बाएँ हाथ की उँगलियाँ तीव्र गति से गिटार की सारी स्ट्रिंग्स पर ऊपर से नीचे एक 'फ़्रेट' से दूजे 'फ़्रेट' तक थिरक रही हैं और उतनी ही कुशलता से दाएँ हाथ की तर्जनी और मध्यमा अंगूठे के सहारे से साउंडहोल के ऊपर स्ट्रमिंग कर रही हैं। सेन्ट्रल लॉबी में तिरती हुई धुन के सम्मोहन में हर कोई मंत्रमुग्ध हुआ जा रहा है। गिटार के उसी 'टेम्पो' के साथ समर प्रताप सिंह की आवाज़ उठती है पहले तो एकदम धीरे से और फिर बिल्कुल ही पंचम पर।

आश्चर्यजनक रूप से उनकी आवाज़ ईगल्स के लीड सिंगर हेनली से लगभग मिल रही है...

"ऑन अ डार्क डेज़र्ट हाइवे कूल विंड इन माय हेयर..."

अहा... ! जादू-सा कोई जादू है...! पूरी की पूरी सेन्ट्रल लॉबी स्तब्ध सी सुन रही है समर प्रताप को। गिटार की एकदम से मदमस्त कर देने वाली झंकार के साथ गीत ख़त्म होता है। थोड़ी देर का सन्नाटा और फिर प्यानो गूँज उठती है...

"माय हीरो...! उफ़, व्हाट अ मेस्मरायजिंग वॉयस यू हैव गॉट!"

"थैंक यू सो मच शगुन! तुम पास होती हो तो सब कुछ अच्छा होता है। लाइफ इज ऑल ब्यूटीफुल बिकॉज़ यू आर इन इट।" वो कैसी तो अदा से कहते हैं जवाब में।

लड़के-लड़कियों की और सुनाने की फ़रमाइश के शोर पर समर प्रताप सिंह गिटार को थोड़ा ट्यून कर रहे होते हैं कि आदित्य वर्मा के "शगुन-एक-मिनट-आना" पर शगुन उठ कर चली जाती है। बाएँ हाथ से गिटार 'स्लो-मोशन' में सीढ़ी पर रखी जाती है और उसी मोशन में दाएँ हाथ से एक और सिगरेट निकल कर होठों के बीच आ जाती है, जिसे सुलगाते हुए समर प्रताप सिंह जाती हुई शगुन सिन्हा की पीठ को निहार रहे होते हैं देर तक... बहुत देर तक।

गिटार के तारों में जैसे कोई उदासी-सी पसर जाती है। एक-एक कर सभी चले गए हैं वहाँ से। सेन्ट्रल लॉबी में बस एक उदास-सी शाम ठिठकी हुई है, गिटार की उदास धुन को संगत देती हुई और धीरे-धीरे उसे भी विदा लेना होता है कि ज़िद्दी -सी रात अपने आने का ऐलान कर चुकी है।

एक हाथ में गिटार थामे, गिटार के मालिक भी बुझे-बुझे से क़दम संभाले हुए सेन्ट्रल लॉबी के आग़ोश से निकलकर अपने हॉस्टल की फैली हुई बाँहों की तरफ़ चल पड़ते हैं। रास्ता तो सीधा-सा था, लेकिन बुझे-बुझे क़दमों को जाने क्या तो सूझती है कि अनियंत्रित से वो दूजे रस्ते पर चल पड़े हैं, जो गर्ल्स-हॉस्टल के नीचे से गुज़रता है। कोई पूछता तो समर प्रताप सिंह बाक़ायदा मुनमुन की क़सम खाकर कह सकते हैं कि उन्होंने अपने क़दमों को ऐसा कुछ भी करने का हुक्म नहीं दिया है।

वैसे कोई इस बाबत उनसे कुछ भी पूछता तो जाने कितना कुछ तो है उनके पास कहने को और सुनाने को। जाने कैसे उनका अपना ही जिस्म और अपना ही मन, कमबख़्त अब उनकी बातें नहीं सुनता। अपनी ही मनमर्जियाँ चलाते रहते हैं।

अनियंत्रित क़दम गर्ल्स-हॉस्टल के पास आ चुके हैं और बेचैन आँखें सेकेण्ड फ़्लोर की एक खास खिड़की को उम्मीद से ताकने लगती हैं कि वह चेहरा दिखे वहाँ। वैसे तो रात के इस वक़्त कॉलेज के किसी लड़के का वहाँ आस-पास होना वर्जित है... लेकिन वह अपने क़ाबू में हैं कहाँ, जो इस वर्जित बातों पर ध्यान देते।

बेचैन आँखों को वैसे तो कुछ भी हासिल न हुआ... हाँ, व्याकुल कानों को ज़रूर रात भर के नशे का सामान मिल जाता है। सेकंड फ़्लोर की उस खास खिड़की से कोई चेहरा तो नज़र नहीं आया, हाँ... प्यानो की तिरती सी गुनगुनाहट ज़रूर आयी एकदम धीमी-धीमी सी... "होsss-मेरी-अंगड़ाई-ना-टूटे-तू-आजा" की धुन लिए हुए।

उदास गिटार के उदास मालिक की अचानक से फैलती मुस्कान को कोई कवि नाम का प्राणी देख लेता इस वक़्त तो निश्चित रूप से एक महाकाव्य लिख बैठता!

व्याकुल कानों तक आती हुई आवाज़ की मलिका को बेचैन आँखें बेशक नहीं देख पा रही हैं, लेकिन बेक़ाबू जिस्म के अन्दर जाने कहाँ बैठे हुए कमबख़्त मन के पर्दे पर शगुन सिन्हा अभी-अभी नहाने के बाद आईने के सामने खड़ी होकर अपने समर प्रताप सिंह के लिए ही गा रही है वो गीत-मेरी अंगड़ाई न टूटे तू आ...

उदासी को एक अलग ही किस्म के जोश ने धक्के मारकर निकाल दिया है अब। हाथों में झूलता हुआ गिटार एक ख़ास अदा से बाएँ कंधे पर आ चुका है... बायीं हथेली के सहारे टिका हुआ। बोझिल से क़दमों में एक अजब सी उछाल है, जब उस गीत के खत्म होने के बाद वो अपने हॉस्टल की फ़ैली हुयी बाँहों में प्रविष्ट होते हैं।

कॉरिडोर के मुहाने पर ही दिख गया- आदित्य वर्मा। जिस्म में अभी-अभी उत्पन्न हुए एक अलग किस्म के जोश ने ज़ुबान को बोलने पर विवश कर दिया है।

"आदित्य वर्मा... दूर रहना अब तुम शगुन से। जस्ट स्टे अवे फ़्रॉम हर... ओके? वो हमारी है... हमारी!"

"हा हा हा हा...पगला गए हो क्या समर तुम?"

"जस्ट स्टे अवे फ़्रॉम हर यू बास्टर्ड... लास्ट वार्निंग!"

“ओय समर... देखो, अब तुम्हारी दूसरी तो नाक है नहीं। झक मार के मुझे फिर से वही नाक तोड़नी पड़ेगी।”

ठीक उस पल के सौवें हिस्से से भी कम समय में जो कुछ भी होता है, वो अकल्पनीय है।

बाएँ कंधे से उतरता हुआ गिटार पहले तो समर प्रताप सिंह के दोनों हाथों में आता है और फिर उसी गति में घूमता हुआ आदित्य वर्मा के चेहरे से भड़ाम की आवाज़ के साथ टकराता है। कुछ देर पहले तक उदासी की किसी धुन से लिपटे हुए गिटार के तार एक विचित्र सी झनझनाहट के साथ आदित्य वर्मा के चेहरे को लहूलुहान कर जाते हैं। पल के सौवें हिस्से के बाद वाले हिस्से में समर प्रताप सिंह के जिस्म ने अपने दाहिने घूमते हुए हवा में उठे बाएँ पैर की करारी चोट अभी-अभी भड़ाम से बजे लहूलुहान चेहरे पर दे मारती है। उधर हवा में लहराते हुए आदित्य वर्मा का जिस्म फ़र्श पर गिरता है और इधर घूमकर वापस आते हुए समर प्रताप सिंह के बेकाबू जिस्म की उतनी ही बेकाबू ज़ुबान से अमृत वचन निकलते हैं...

“जस्ट स्टे अवे फ़्रॉम हर, यू रास्कल! लास्ट वार्निंग, एल्स थिंग्स विल बी बैड... रियल रियल बैड फ़ॉर यू!”

बेकाबू जिस्म के डोले भरे हुए दोनों हाथ आहिस्ते-आहिस्ते जिस्म पर चिपकी हुयी कमीज़ का बटन खोलते हैं और क्षण भर बाद ही जिस्म का ऊपर वाला हिस्सा अपने नैसर्गिक खुलेपन में साँचे में ढले हुए बदन की नुमाइश कर रहा होता है। जींस पहने हुए समर प्रताप सिंह के दोनों पैर खुले हुए हैं... शरीर का संतुलन दोनों ही पैर पर बिल्कुल बराबर... दोनों हाथ कमर पर... और वो बस चुपचाप ज़मीन पर गिरे आदित्य वर्मा को घूरे जा रहे हैं... देर तक... बहुत-बहुत देर तक।

~~~
~~~

“समर... अरे समर प्रताप...! चलो, क्या कर रहे हो इतनी देर से आईने के सामने खड़े होकर? खाना खाने नहीं चलना क्या आज?”

आदित्य वर्मा की चीख़ के बजाय किसी और लड़के की कर्कश-सी आवाज़ ने बड़ी बेरहमी से तंद्रा को तहस-नहस कर दिया। भरे मन से काऊ-ब्वाय हैट उतारते हुए समर साब मेस की ओर चल पड़े।

#

सुरमे से लिखे तेरे वादे...
आँखों की ज़ुबानी आते हैं

पंचायत चुनाव में पार्टी के उम्मीदवारों और ज़मीनी कार्यकर्ताओं द्वारा झंडे गाड़ देने का उत्साह अभी मद्धम हुआ भी नहीं था कि ठाकुर सुदर्शन प्रताप सिंह को प्रदेश की सत्तारूढ़ पार्टी के ख़िलाफ़ बैठे-बिठाए मुद्दा मिल गया था।

मुल्क की तमाम कठिन से कठिनतम प्रतियोगी परीक्षाओं में प्रदेश के छात्रों द्वारा हर साल 'टॉपर-लिस्ट' में जगह बनाने के बावजूद, यहाँ की शिक्षा-प्रणाली और स्तर का देश भर में मज़ाक उड़ता रहता था। उस मज़ाक को एक अलग ही बुलंदी पर पहुँचाने का काम किया था इस साल की बारहवीं बोर्ड परीक्षा की स्टेट-टॉपर सुश्री रूबी राय ने। वैशाली जिले की इस छात्रा ने जब 'आर्ट्स' से पूरे प्रदेश में टॉप किया तो इंटरव्यू लेने पहुँचे टीवी चैनल के रिपोर्टर के सवालों पर उस लड़की के दिए गए जवाबों से पूरे प्रदेश की बहुत भद्द पिटी। इस घटना ने शिक्षा परिषद में व्याप्त विकट घोटाले से पर्दा खींच लिया।

उस स्टेट-टॉपर का 'पॉलिटिकल साइंस' को 'प्रौडीगल साइंस' बोलना और कहना कि यह विषय खाना पकाने से सम्बंधित है, ने शिक्षा की दुर्गति की नयी परिभाषा रच दी।

"जितेन्द्र, क्या कर रहे हो अभी? जो भी कर रहे हो, सब छोड़कर अपने लैप-टॉप पर बैठो और भाषण तैयार करो हमारा। कल विधान सभा की दीवारें हिल उठनी चाहिए। पंद्रह मिनट का समय दिया गया है हमको। ई साला अमरकांत यादव को उधेड़ना है। जबसे साला शिक्षा विभाग इसको दिया है मुख्यमंत्री ने, गर्त में चला गया है सब। लिखो तुम बढ़िया से इस बोर्ड रिजल्ट और परीक्षा सब के घोटाले पर। ड्रॉफ़्ट भेजो हमको एक-दो घंटे में।" भरी दुपहरिया में सोये हुए जितेन्द्र शर्मा को ठाकुर सुदर्शन प्रताप सिंह के फ़ोन-कॉल ने झिंझोड़कर उठा दिया था।

"जी सर, शाम तक भेजता हूँ।" जितेन्द्र शर्मा ने जम्हाई भगाते हुए कहा।

बिहार विधान सभा का सभागार उस दिन ठाकुर सुदर्शन प्रताप सिंह के अंगार उगलते संबोधन से देर तक थरथराता रहा था...

"माननीय सभापति महोदय,

आज से कई साल पहले की बात है। एक स्टुडेंट ने स्कूल में वार्षिक परीक्षा के दौरान अपनी कॉपी में सारे प्रश्नों का जवाब देकर ऊपर लिख दिया था चेक एनी फ़ाइव आंसर्स... कोई भी पाँच जवाब जाँच लें। कॉपी जाँचने वाले मास्टर साब को पहले तो ये बात उस स्टुडेंट का अहंकार लगा था, लेकिन बाद में कॉपी जाँचते हुए मास्टर साब ने उस स्टुडेंट की आंसर-शीट पर एक रिमार्क लिखा था एग्जामिनी इज बेटर दैन दी एग्जामिनर... परीक्षार्थी परीक्षक से बेहतर है। इतिहास गवाह है सभापति महोदय कि इससे पहले और इसके बाद आज तक पूरे विश्व में किसी भी स्टुडेंट को अपने टीचर से ऐसा अनमोल रिमार्क नहीं मिला है। वो ब्रिलिएंट स्टुडेंट अपने इसी महान राज्य बिहार के सिवान जिले का था, जो बाद में चलकर हमारे देश का प्रथम राष्ट्रपति बना... डॉक्टर राजेन्द्र प्रसाद। ऐसी लेगेसी का उद्घोष करने वाला हमारा राज्य, आज यहाँ के बच्चों की शिक्षा के स्तर के लिए पूरे देश के उपहास का पात्र बना हुआ है। यही हमारा राज्य जो हमारे राजगीर नालंदा में स्थित विश्व की पहली युनीवर्सिटी होने का एलान करता है, यही हमारा राज्य जहाँ के छात्र आज से तीन से चार साल पहले तक देश की हर प्रतियोगिता परीक्षाओं में, चाहे वो यूपीएससी हो या आईआईटी हो, टॉप टेन में आते थे... आज बारहवीं के बोर्ड में ऐसा टॉपर दे रहा है जिसको अपने सब्जेक्ट तक के बारे में पता नहीं है। नहीं, हम वैशाली की उस बच्ची को दोष नहीं दे रहे हैं सभापति महोदय। उस बच्ची का... क्या नाम है उसका... वो... हाँ, रूबी राय... उसका क्या दोष? दोष तो पूरे राज्य के शिक्षा तंत्र में घुस गए राक्षसों का है, जो चंद रुपयों की पेटी के लिए हमारे राज्य के होनहारों के भविष्य से खिलवाड़ कर रहे हैं।"

विधान सभा का सभागार विपक्षी पार्टी के सदस्यों द्वारा मेज पर बजायी जा रही ताबड़तोड़ थपकियों से थर्रा रहा था। लम्हे भर के लिए रुके थे ठाकुर सुदर्शन प्रताप सिंह, गला साफ़ किया अपना और फिर उफ़नने लगे...

“माफ़िया है एक... एक पूरा माफ़िया गिरोह सक्रिय हो रखा है हमारे राज्य की शिक्षा व्यवस्था में सभापति महोदय, जिन्हें हमारे राज्य के गौरवपूर्ण इतिहास से कुछ लेना-देना नहीं है। इन्हें तो बस नोटों से अपना भविष्य चमकाना है, भले ही राज्य के बच्चों का भविष्य अँधेरे में डूबा रहे। ...और ये माफ़िया तंत्र इसलिए अपना पैर बेख़ौफ़ पसारे जा रहा है, क्योंकि हमारे माननीय मुख्यमंत्री साब ने शिक्षा की बागडोर किसी विद्वान, किसी पढ़े-लिखे योग्य उम्मीदवार को न देकर, एक पहलवान, एक दबंग उजड्ड को सौंप रखा है। श्री अमरकांत यादव जी ने जिस तरह से अपनी कॉन्स्टीच्युएंसी में आतंक और दबंगई के बल पर चुनाव जीता है, वो सोचते हैं कि राज्य की शिक्षा-प्रणाली भी उसी तरीके से निपट जायेगी। भूल कर रहे हैं वो...”

ठाकुर सुदर्शन प्रताप के आख़िरी वक्तव्य पर सत्तारूढ़ पार्टी के विधायकों का ऐसा शोर मचा कि सदन की आगे की कारवाई स्थगित कर दी गयी। शिक्षा मंत्री श्री अमरकांत यादव ने आवेश में अपने मेज पर लगे माइक को उखाड़कर ठाकुर सुदर्शन प्रताप सिंह की ओर दे मारा था। बाल-बाल बचे थे ठाकुर सुदर्शन, ऐन मौके पर उन्होंने अपनी ओर लहराते हुए आते माइक को देखकर सर झुका लिया था। दोनों दलों में चली हाथा-पाई की तीव्रता कई विधायकों के लहूलुहान चेहरों की झलक देखकर समझी जा सकती थी। ठाकुर सुदर्शन प्रताप सिंह के नेतृत्व में विपक्षी पार्टी ने अगले कितने ही दिनों तक इस मुद्दे को उछाला, जिसकी परिणति राज्य के शिक्षा मंत्री द्वारा जाँच-पड़ताल के लिए कमिटी के गठन की घोषणा और बिहार स्कूल बोर्ड्स के शीर्षस्थ अधिकारियों के निलंबन के रूप में हुई।

यह ठाकुर सुदर्शन प्रताप सिंह की पार्टी के लिए एक बड़ी जीत थी।

हाँ, यह भी ज़रूर हुआ कि अमरकांत यादव ने ठाकुर सुदर्शन प्रताप सिंह के ख़िलाफ़ अपनी दुश्मनी का ऐलान खुलेआम कर दिया। यह दुश्मनी बहुत बाद में आने वाले समय में कहानी को एक नया मोड़ देने वाली थी।

इधर पटना साइंस कॉलेज के कैम्पस में आदित्य वर्मा का पैतृक स्थान वैशाली होना उस पर भारी पड़ रहा था। समर प्रताप सिंह वैशाली की इस हास्यास्पद घटना का मज़ाक उड़ाने का कोई अवसर नहीं छोड़ रहे थे।

हद तो तब हुई जब आख़िरी सेमेस्टर के आख़िरी पर्चे के बाद लगभग पूरा बैच पिछले शुक्रवार को ही सिनेमा के पर्दे पर आयी सलमान ख़ान की ब्लॉक बस्टर फ़िल्म 'सुल्तान' देखने जा रहा था और मॉल में फ़िल्म शुरू होने तक बैच के इकलौते बंगाली बाबू सौमित चैटर्जी को समर साब ने मेरी-भीगी-भीगी-सी-पलकों-पे-रह-गए वाली धुन पर किशोर दा के विख्यात बांग्ला गीत...

मोने पोरे रूबी राय कबिताय तोमाके
एके दिन कोतो करे देकेछी
आज होय रूबी राय
देके बोलो आमाके
तोमाके कोथाय जेना देकेछी

...को बार-बार गाने के लिए विवश कर आदित्य वर्मा के धैर्य की बैंड ही बजा दी थी।

आदित्य वर्मा चिढ़ता रहा, लेकिन मन मसोस कर रह जाता कि सौमित चैटर्जी द्वारा एक ख़ास उच्चारण में गाया जा रहा वो मधुर बंगाली गीत और रूबी राय का ज़िक्र... दोनों ही मिलकर बैच की अन्य लड़कियों के साथ-साथ शगुन सिन्हा की खिलखिलाहट को भी अलग ही मुकाम दे रहे थे।

बाद में यूँ तो सिनेमा हॉल में शगुन सिन्हा लड़कियों के झुण्ड के साथ समर प्रताप साब की सीट से हट कर कई सीट दूर बैठी थी... लेकिन सामने विशालकाय परदे पर वो अनुष्का शर्मा के अवतार में 'सुल्तान' बने सलमान ख़ान नहीं, बल्कि समर प्रताप सिंह के साथ ही रोमांस कर रही थी।

समर साब फिलहाल उस काल्पनिक रोमांस के अलावा 'बाग़ी' के टाइगर श्रॉफ के तराशे हुए जिस्म से ख़ुद को 'अपग्रेड' कर सलमान ख़ान के कसरती बदन में ढाल रहे थे।

आख़िरी सेमेस्टर के महीने भर के अवकाश के बाद शगुन सिन्हा द्वारा केमिस्ट्री में पोस्ट-ग्रेजुएशन के लिए आवेदन करने की ख़बर मिलते ही समर प्रताप सिंह ने भी अपनी आँखें मूँद कर केमिस्ट्री का ही विकल्प भर दिया था... भले ही उन्हें केमिस्ट्री के तमाम उलझन भरे 'इक्वेशन्स' से लगभग उतनी ही नफ़रत थी, जितनी नफ़रत की पींगें उनके सीने में आदित्य वर्मा के लिए उठा करती थीं।

लेकिन उफ़! ये-मुहब्बत...

यह जो न करवाए अपने आशिक़ से!

फिर कहीं न कहीं से उम्मीद की एक किरण झिलमिला भी रही थी कि इस मुहब्बत की दिलफ़रेब दास्तान की नींव खुदनी शुरू भी तो केमिस्ट्री लैब से ही हुई थी... क्या पता शायद इस पर एक बुलंद इमारत केमिस्ट्री लैब में ही खड़ी हो!

मुहब्बत... किसी के साथ मुहब्बत में होना... किसी की मुहब्बत में होना कैसे-कैसे तो भूत, वर्तमान, भविष्य के खौफ़ से परे हमारी सारी समझ, हमारी सारी सोच, हमारी सारी की सारी अपनी सहमतियों-असहमतियों की दिशा और दशा बदल कर रख देता है न!

कैसे... जाने कैसे इस मुहब्बत नाम के तिलिस्म में बस किसी एक शख़्स का इस पूरी पृथ्वी पर होना ही मायने रखने लगता है! शेष हर किसी का... शेष हर चीज़ का अस्तित्व बिल्कुल ही गौण हो उठता है।

अपनी इस मुहब्बत के तिलिस्म में डूबे समर प्रताप सिंह को वैसे तो, किसी भी तरह के करियर से जुड़ी प्रतियोगी परीक्षाओं में बैठने की तरफ़ कोई रुचि नहीं थी... वो तो बस शगुन सिन्हा के साथ इसी कॉलेज में अब केमिस्ट्री लैब की परखनलियों में डूबे रहना चाहते थे उम्र भर। लेकिन ग्रेजुएशन का आख़िरी सत्र मुकम्मल हो चुका था, तिस पर कुछ कमीने दोस्तों का दुराग्रह था जिसमें

इन प्रतियोगी परीक्षाओं में शामिल होने की गंभीरता कम, उसके बहाने घूमने-फिरने का इंतज़ाम हो पाने की ज़िद ज़्यादा थी...

"सारे कॉम्पिटीशन्स का फ़ॉर्म भरते हैं यार और सबका एग्जाम सेंटर इलाहाबाद देते हैं। इसी बहाने संगम घूम आएंगे और वहाँ नाव में बियर पियेंगे। संगम के घाट पर कुछ बाबा लोगों के साथ चिलम फूँकने का मौका भी मिल जाएगा।"

प्रदेश में कुछ महीने पहले ही लागू हुई नशाबंदी की सख़्त घोषणा से मची त्राहि-त्राहि के आतंक में दिया गया ये बियर पीने का लुभावना प्रस्ताव बहुत था समर प्रताप सिंह के लिए। बियर और चिलम के दिलफ़रेब प्रस्ताव पर तमाम तरह की प्रतियोगी परीक्षाओं के ऑनलाइन एप्लीकेशन-फ़ॉर्म भर दिए गए... बैंक के पीओ, आईआईएम के कैट, तो एक सी मैट जैसा कुछ, सिम्बायोसिस का नेशनल एप्टीच्यूड टेस्ट, कम्बाइंड डिफेन्स सर्विसेज एग्जाम वगैरह-वगैरह। इनमें से कुछ का नाम भी समर प्रताप सिंह पहली बार सुन रहे थे।

***

समर और शगुन की यह कहानी शायद यूँ ही चलती रहती... लम्हा-दिन- सप्ताह-महीने-सालों तक। लेकिन इसमें एक ज़बरदस्त मोड़ तब आया जब उसी समय भारतीय सेना द्वारा पाकिस्तान में घुसकर सर्जिकल स्ट्राइक किया गया।

कश्मीर की किसी उरी नामक जगह पर पिछले महीने आतंकवादियों द्वारा किये एक घिनौने हमले में तीस से ऊपर भारतीय सैनिक मारे गए थे। उदास और गुस्से में डूबे देश के लिए भारतीय सेना का यह सर्जिकल स्ट्राइक जहाँ राष्ट्रवाद का नया उन्माद लेकर आयी वहीं ठाकुर सुदर्शन प्रताप सिंह की पार्टी के लिए एक बिल्कुल ही नई और अलग-सी पोस्टर थीम भी। शहर के मोड़-मोड़, चौक-चौक पर बड़े-बड़े बैनर्स में ठाकुर सुदर्शन देश के प्रधान सेवक की तस्वीर के साथ भारतीय सेना को बधाई देते मुस्कुराते नज़र आ रहे थे।

भारतीय सैनिकों के इस 'डेयर-डेविल' स्ट्राइक के बाद से जहाँ पिताश्री के लिए यह सर्जिकल स्ट्राइक मुस्कुराते बैनर्स का सबब बना हुआ था, वहीं दूसरी ओर उनके इकलौते कुँवर साब की तो जान पर ही बन आयी थी।

दरअसल, हुआ ये था कि दुश्मन देश की सीमा में घुसकर किये गए इस बेमिसाल मिलिट्री ऑपरेशन पर जहाँ पूरा मुल्क मोहो-मोहो कर रहा था, वहीं पटना साइंस कॉलेज के कैम्पस में ज़हीन क़िस्मत वाले लम्बे-से तगड़े-से आदित्य वर्मा सम्पूर्ण 'फ़ोकस' अपने पर किये बैठे थे। आदित्य वर्मा का एक कोई चचेरा भाई भारतीय सेना में ही ऑफ़िसर था... मेजर वैभव वर्मा और आदित्य वर्मा की मानें तो मेजर वैभव वर्मा भी उस सर्जिकल स्ट्राइक करने वाली भारतीय सेना की टुकड़ी में शामिल था। अब कॉलेज परिसर में लड़के-लड़कियों का एक जत्था हमेशा आदित्य वर्मा को घेरे रहता और आदित्य वर्मा उस जत्थे को चटखारे ले-लेकर भारतीय सेना की बहादुरी के क़िस्से सुनाते रहता, जोकि बक़ौल उसके, यह सब ख़ुद अपने भाई से सुना था।

यहाँ तक तो फिर भी ठीक था सब। सितम्बर अपनी आख़िरी साँसें ले रहा था और अक्टूबर का आगमन बस हुआ ही चाहता था... जब समर प्रताप सिंह ने उसी किसी रोज़ शगुन सिन्हा को इसी तरह के एक जत्थे में बैठे आदित्य वर्मा को सर्जिकल स्ट्राइक की कहानी सुनाते हुए निहारते देख लिया था।

समर साब भी शामिल थे उस सुनने वाले जत्थे में और आदित्य वर्मा अपनी रौ में सर्जिकल स्ट्राइक की कहानी सुना रहा था।

"टोटल चार टीम में से एक को लीड कर रहे थे, वैभव भैया। लोकेशन नहीं बताया उन्होंने। ऊँचे बर्फ़ीले पहाड़ से उनको अपनी टीम, जिसमें कुल आठ कमांडो थे, को लेकर नीचे उतरना था, जहाँ पाकिस्तानियों का टेररिस्ट कैम्प था। अर्ली मॉर्निंग से ही उनकी टीम नीचे टेररिस्ट कैम्प को ऑब्जर्व कर रही थी। शाम का अँधेरा होने पर वो लोग नीचे उतरने लगे। रास्ता बहुत डिफिकल्ट था। एक तो बर्फ़ थी और फिर दुश्मन का इलाका। उस रास्ते पर पहली बार इंडियन आर्मी जा रही थी। पूरी इंफ़ॉर्मेशन तो थी ही उस टेररिस्ट

कैम्प के बारे में पहले से और फिर भैया की टीम उस इलाके को पिछले चौबीस घंटे से ऑब्जर्व भी कर रही थी। दोपहर तक वो लोग नीचे पहुँचे और फिर वहीं दुश्मन के इलाके में झाड़ियों में छुपे रहे शाम होने तक।"

"अरे यार, लेकिन ये बताओ आदित्य कि जब कैम्प के बारे में सब पता ही था इंडियन आर्मी को तो सीधे बम काहे नहीं गिरा दिया वहाँ पर? इतना रिस्क लेने की आख़िर ज़रुरत क्या थी?" एक किसी लड़के का सवाल टपका।

"हाँ... ये ऑप्शन तो हमेशा रहता ही है। लेकिन क्या होता है कि एयर स्ट्राइक में दुश्मन का ग्राउंड पर एक्चुअल में कितना नुकसान हुआ, यह पता नहीं चल पाता है। उरी में जो कुछ भी हुआ हमारी आर्मी के साथ, उसके बाद पूरे वर्ल्ड को न सिर्फ़ यह बताना ज़रूरी था कि हमने अटैक किया है, बल्कि यह भी कि हमने अटैक में कितने दुश्मन मारे। भैया बता रहे थे कि इंडियन आर्मी ने पूरे सर्जिकल स्ट्राइक का वीडियो भी बना कर रखा है।" आदित्य वर्मा ने धैर्य से समझाते हुए कहा।

"छोड़ो आदी... तुम आगे सुनाओ! फिर क्या हुआ?" जत्थे में एकदम से बजी प्यानो की धुन ने समर साब के सीने में कैसी तो हूक उठा दी थी।

"हाँ! देर रात हुई थी। जब भैया की कमांडो टीम ने पूरी तरह कन्फ़र्म कर लिया कि कैम्प में मौजूद सारे टेररिस्ट खाना-वाना खाकर सो गए और बस दो-तीन ड्यूटी पर खड़े थे। तभी उन लोगों ने अटैक कर दिया। टीम के दो-तीन कमांडो ने पहले तो चुप-चाप बिना आवाज़ किये ड्यूटी पर खड़े टेररिस्ट को सायलेंटली मारा और फिर तुरंत ही उन बैरेक्स पर रॉकेट लॉन्चर्स से हमला किया जहाँ सारे सो रहे थे। वैभव भैया कह रहे थे कि 20 से 25 तो इस पहले हमले में ही मारे गए और बाद में बचे-खुचे जितने थे, उनको भी उन लोगों ने स्नाइपर और एके 47 से चुन-चुनकर मार दिया। सुबह होने तक वो लोग वापस अपने इलाके के ऊँचे बर्फ़ीले पहाड़ पर आ गए थे। उनकी टीम के एक कमांडो को बस थोड़ी-सी चोट लगी थी, वह भी जब वो लोग वापस लौट रहे थे तब। लेकिन वह जवान भी अब बिल्कुल ठीक है।"

"वाओ... हाऊ ब्रेव दे आर! असली हीरो तो ये हमारी इंडियन आर्मी वाले हैं यार... क्या लाइफ़ जीते हैं न ये लोग!" प्यानो जिस तरह से बजी, समर साब के सीने में कुछ अजीब-सा कुलबुलाने लगा था।

"हाँ शगुन और क्या! वो लोग उधर हैं तो हम लोग इधर हँस-बोल पा रहे हैं। आराम से, चैन से। वैभव भैया जब बता रहे थे तो मुझे कैसा लग रहा था क्या बताऊँ। आई विश, आई कुड ऑल्सो ज्वाइन इंडियन आर्मी!" आदित्य वर्मा ने जाने किस आवेश में कही थी यह बात कि शगुन उसे टुकुर-टुकुर निहारने लगी थी।

उस निहारने में जाने क्या तो था। कुछ लाड़, कुछ दुलार, कुछ गर्व, कुछ प्यार या ये सब कुछ मिला-जुला-सा... कि समर प्रताप सिंह के सीने में अभी कुछ देर पहले की उठी कुलबुलाहट एक तूफ़ान का रूप लेने लगी थी। वहाँ उस बैठकी से एकदम से भागकर अपने कमरे में आये समर साब और आईने के सामने खड़े होकर ख़ुद से ही ऐलान कर दिया कि वह कुछ भी करके भारतीय सेना में भर्ती होंगे, वरना शगुन को कभी अपना मुँह नहीं दिखाएंगे।

तत्क्षण उन्हें याद आया कि उन्होंने अपने चंद कमीने दोस्तों के बहकावे में कुछ एक प्रतियोगी परीक्षाओं के जो ऑनलाइन फ़ॉर्म्स भरे थे, उनमें से कोई एक कम्बाइंड डिफ़ेन्स सर्विसेज़ का भी था।

उनका वश चलता तो इसी पल जाकर उन कमीने दोस्तों को बाँहों में भर लेते!

जुनून-सा कोई जुनून था, जो सवार हो गया था उनके सिर पर। पता करने पर मालूम चला कि इस कम्बाइंड डिफ़ेन्स सर्विसेज... इस सीडीएस की प्रवेश-परीक्षा तो महज बीस दिन दूर थी।

"हो पायेगा क्या?

कैसे होगा??

क्या निकाल पाएंगे यह कॉम्पटीशन???"

बस 20 दिन!

आईने के सामने किया गया अपना ऐलान जैसे ही पस्त होने को होता इन उछल-कूद मचाते सवालों के सामने कि एकदम से समर प्रताप सिंह के मन-मस्तिष्क पर शगुन सिन्हा की आँखों का वो आदित्य वर्मा को निहारने वाला दृश्य उभर आता था। हाँ वही निहारना, जिसमें जाने क्या था... जो भी था, वो सब कुछ समर साब को एक नए जोश, एक नए संकल्प से भर जाता था।

काजल से रेखांकित उन आँखों का वो निहारना, समर प्रताप सिंह के जी का जंजाल बन गया था।

वह निहारना, अब वह बस ख़ुद के लिए चाहते थे।

उस निहारने पर उनकी, बस उनकी हुकूमत होनी चाहिए!

उस निहारने के एकलौते हक़दार बस वह थे... बस और बस वो!

कोई ऐरा-गैरा... कोई आदित्य वर्मा-फर्मा नहीं! उस निहारे जाने पर सिर्फ़ और सिर्फ़ समर प्रताप सिंह की सुल्तानी थी... और हमेशा हमेशा रहेगी!

यह सब... यह सब कुछ समर प्रताप सिंह के मन, मस्तिष्क, दिल, दिमाग, जिगर, गुर्दे हर एक जगह से चीख़-चीख़ कर उन्हें रात-रात भर जगाये रखता।

इंडियन आर्मी... ! इंडियन आर्मी... !!

बस एक ज़िद्दी धुन की तरह उनके दिमाग पर सवार हो गया था यह!

शगुन को हासिल करना है तो उन्हें इंडियन आर्मी की वर्दी पहननी ही होगी... बस!

...और कोई दूजा रास्ता नहीं था।

⌗

पलकों को उठाती भी नहीं...
परदे का ख़याल करती हैं

कैसी तो दीवानगी-सी कोई दीवानगी थी।

अपने हॉस्टल के कमरे में बंद समर प्रताप सिंह सुबह से देर रात तक बस यूपीएससी द्वारा आयोजित कम्बाइंड डिफ़ेन्स सर्विसेज़ की प्रवेश परीक्षा की तैयारी में जुटे रहते। तमाम तरह की किताबें और पिछले पंद्रह-बीस सालों के प्रश्नपत्रों का ज़ख़ीरा इकट्ठा कर उन्होंने ख़ुद को इस हवन में झोंक दिया था।

या तो मुश्किल-नहीं-है-कुछ-भी-अगर-ठान-लीजिये वाली लगन का असर था ये... या फिर उनकी मुहब्बत का जुनून कि परीक्षा हुई और नवंबर के आख़िरी हफ़्ते में आये रिजल्ट में उनका क्रमांक ऊपर से 317वें नंबर पर था। यूपीएससी की वेबसाईट पर पहले परिणाम सुनिश्चित कर लेने के बाद पटना साइंस कॉलेज के मुख्य-द्वार से सटी हुई फ़ोटो-कॉपी और प्रिंटर की दुकान तक छलांग लगाते से गए थे, समर प्रताप सिंह।

कम्प्यूटर से निकले प्रिंट-आउट में फिर से अपना क्रमांक देखकर उनकी हलक से निकली चीख़ कॉलेज के पीछे बहती शांत नीरव गंगा की लहरों में हिलकोरें उठाने लगी थी।

वहाँ से लगभग उड़ते-उड़ते से गए थे वह शगुन के पास उस प्रिंट-आउट को लेकर...

"शगुन देखो... देखो, देखो शगुन! हमारा सीडीएस के रिटेन में हो गया है!" साँसें उफ़नकर उस धक-सी गोरी रंगत वाली को लपेट लेना चाहती थीं।

"ओ वाओ... काँग्रेचुलेशंस समर! आय एम सो... सो प्राउड ऑव यू!" कहकर शगुन ने उन्हें हौले से गले लगा लिया था।

उफ़, ये सृष्टि यहीं क्यों नहीं थम गई...!

हाय, ये लम्हा बस यहीं क्यों नहीं थमा रह गया हमेशा के लिए...!!

...लेकिन अभी तो बस पहली बाधा पार हुई थी।

दो महीने बाद होने वाले 'सर्विस सेलेक्शन बोर्ड' (एसएसबी) द्वारा आयोजित पाँच दिन के इंटरव्यू, सायकॉलौजिकल टेस्ट, ग्रुप टास्क वगैरह की ऊँची दीवारें लांघनी शेष थी... इंडियन मिलिट्री एकेडमी में चयनित होकर दाख़िला लेने के लिए।

समर साब को फ़िलहाल इस पृथ्वी पर कोई भी कार्य असम्भव प्रतीत नहीं हो रहा था और ऊपर से लिखित परीक्षा के परिणाम के बाद हासिल हुआ शगुन का आलिंगन तो उनके लिए जैसे किसी 'स्टेरॉयड' का काम कर रहा था।

उनकी सोच ही रुक जा रही थी बस इतना सोच कर कि इस आधी से कम सफलता पर तो शगुन ने गले से लगाया था, पूरी सफलता मिल जाने के बाद तो...

"उफ़! हाय रेsss!"

उसी सोच के आगे की थम जा रही सोच, उन्हें सोते-जागते-उठते-बैठते बस एसएसबी-एसएसबी की धुन सुनाती रहती थी।

गाँधी मैदान के नज़दीक किसी सेवानिवृत्त कर्नल साब द्वारा चलाए जा रहे एसएसबी कोचिंग-सेंटर से भी जुड़ गए थे, समर प्रताप सिंह। उन्होंने कुछ-कुछ अपनी बचाई हुई पॉकेट-मनी, कुछ मुनमुन का सहयोग और कुछ माँ से झूठ बोलकर उगाही किये गए पैसों को मिलाकर, इस काम को अंजाम दिया था।

अभी घर में किसी को कानो-कान कुछ ख़बर नहीं थी, समर साब के इस प्रयोजन के बारे में, सिवाय मुनमुन के। मुनमुन की 'पापा-कभी-नहीं-रेडी-होंगे-ब्रो' वाली प्रतिक्रिया ज़रा-सा हतोत्साहित करने वाली अवश्य थी, लेकिन मुहब्बत का जुनून उससे कहीं ज़्यादा ताकतवर था।

एक डर तो लगा ही रहता था, समर साब के दिल में हर पल कि जाने पापा की प्रतिक्रिया कैसी होगी!

वैसे भी हालिया राजनीतिक उठा-पटक ने प्रदेश में अलग ही हड़कंप मचा रखा था। प्रदेश की वर्तमान सत्तारूढ़ पार्टी के गठबंधन में शामिल एक दूसरी दमदार पार्टी के औचक दबाव में आ जाने से सुदर्शन प्रताप सिंह की पार्टी चारों खाने चित्त होने जैसा जो कुछ भी होता है, वो हो गयी थी।

गठबंधन में शामिल इस दूसरी पार्टी के एक कद्दावर नेता, जो प्रदेश के भूतपूर्व मुख्यमंत्री रह चुके थे और फिलहाल किसी घोटाले के चक्कर में जेल में थे, अपनी आश्चर्यजनक लोकप्रियता के आधार पर जेल के अन्दर से भी प्रदेश के राजनीतिक परिदृश्य पर कमाल का नियन्त्रण रखते थे। इन्हीं नेता जी के दो नौजवान बेटों को प्रदेश के मंत्रालय में अप्रत्याशित रूप से शामिल कर लिए जाने की वज़ह से ठाकुर सुदर्शन प्रताप सिंह तनिक बौखलाए से रहते थे। जेल में आराम फ़रमा रहे उस कद्दावर नेता के एक बेटे द्वारा डिप्यूटी सीएम और दूजे बेटे द्वारा हेल्थ मिनिस्टर की कुर्सी का हथिया लिया जाना ठाकुर सुदर्शन प्रताप सिंह की पार्टी के लिए जितना हास्यास्पद हो गया था, उतना ही विस्मयकारी भी।

...तो ठाकुर सुदर्शन प्रताप सिंह भन्नाए से घूमते रहते थे इन दिनों।

समर साब ने इस ख़ातिर चुप्पी बरतने का ही फ़ैसला कर रखा था और सोचा था कि पुल तब पार किया जायेगा, जब नदी में कूदने की ज़रुरत बिल्कुल ही सिर पर आ खड़ी होगी।

अभी तो वो बस आगे की तैयारी में लगे पड़े थे।

कमरे में घंटों आईने के सामने खड़े होकर एसएसबी के लिए 'एक्स्टेम्पोर स्पीच' की तैयारी करते। 'टाइम्स ऑव इण्डिया' से लेकर 'ट्रिब्यून', 'द हिन्दू' और भी न जाने कौन-कौन से नाम वाले अंग्रेजी समाचार-पत्रों के 'एडिटोरियल्स' की बख़िया उधेड़ते और सुबह-शाम दौड़ लगाते।

एक और साल ख़त्म हुआ और नए साल का आगमन हो चुका था।

हालाँकि प्रदेश में इस बार नए साल का स्वागत फ़ीका ही रहा था। शराब पर घोषित पाबंदी ने नए साल की अधिकांश 'वेलकम-पार्टीज़' को रूखा-सूखा ही रखा था। ये और बात थी कि पड़ोसी मुल्क नेपाल से छुप-छुपकर आने वाली बोतलों ने जुगाड़ वालों और रसूख़ वालों की पार्टीज़ को सराबोर किये रखने का पूरा बंदोबस्त कर रखा था।

इस जुगाड़ और रसूख़, दोनों पर अपनी मिल्कियत का ऐलान करने वाले समर प्रताप सिंह फ़िलहाल पटना साइंस कॉलेज के ब्वायज़ हॉस्टल में हीरो बने हुए थे।

ठाकुर सुदर्शन प्रताप सिंह की पार्टी द्वारा आयोजित नए साल के जश्न की तैयारी में से उनके सलाहकार जितेन्द्र शर्मा जी को पटा कर पड़ोसी मित्र मुल्क से आयातित एक केस ब्लैक डॉग का चुपके से इंतज़ाम करना समर साब के लिए मुश्किल न था। यह एक केस ब्लैक डॉग उस रात 'ब्वायज़ हॉस्टल' के सारे लड़कों की लपलपाती जिह्वाओं पर हज़ार दस हज़ार साल के सूखे के बाद आयी अचानक से मूसलाधार बारिश का सबब बना था।

यह मूसलाधार बारिश जहाँ समर प्रताप सिंह को हीरो बनाए हुए थी। वहीं जाम के चल रहे दौर के दरमियान आदित्य वर्मा पर इत-उत से उछलते व्यंग्य-बाणों को तेज़ धार भी दे रही थी।

"ओय मज़ा आ गया समर यार। तुम नहीं होते तो यह नया साल ऐसे ही ड्राय-ड्राय-सा बीतता। लव यूsss!!!" किसी ने जुमला उछाला।

"ऑल कर्टसी टू शर्मा जी... हमारे महान पिताश्री के बहुत ही प्यारे-प्यारे पीए साहब की मेहरबानी।" समर साब पर सुरूर था, लेकिन विनम्रता ने फिर भी साथ नहीं छोड़ा था।

"तीन साल बाद अगले इलेक्शन में हम सब का वोट तुम्हारी पार्टी को समर।" नशा अपने उफ़ान पर था।

"अबे हमारी पार्टी नहीं है ये!"

"तुम्हारे पापा की... मतलब तुम्हारी ही यार। बाप की प्रॉपर्टी पर बेटे का ही हक़ तो होता है।" एक ज़ोर का ठहाका गूँज उठा था।

"कमीनों ये तुम लोग नहीं, ब्लैक डॉग बोल रहा है।" समर साब ने ठहाका लगाते हुए कहा।

"यार ये बताओ, राज्य की इस नशाबंदी में यहाँ के फ़ौजियों पर भी कोई रेस्ट्रिक्शन है क्या? दानापुर कैंट वाले तो पीते ही होंगे यार।" किसी एक ने सवाल उठाया।

"फ़ौजियों को कौन रोक सकता है यार। वो देश के हैं... प्रदेश के नहीं। मुख्यमंत्री के पिछवाड़े में दम नहीं इतना।" किसी दूसरे ने ज्ञान उलीचा।

"अबे फ़ौजियों से याद आया... यार आदित्य तुम्हारा भाई जो फ़ौज में है, सर्जिकल स्ट्राइक ही करता है या दारू भी देता है तुमको?"

एकदम से चले किसी के इस तीर को आदित्य वर्मा की तरफ़ से तो अनदेखा कर दिया गया, लेकिन कमान समर साब ने संभाल ली।

"छोड़ो न यार... अगर हम एसएसबी में सेलेक्ट हो गए, तो वादा रहा कि पूरे हॉस्टल को ऑन द हाउस हर महीने सराबोर करके रखेंगे।"

...और इसके साथ ही समर-भाई-ज़िन्दाबाद के नारों से 'ब्वायज़ हॉस्टल' पूरी रात गूंजता रहा था।

महीने भर बाद तमाम मेहनत रंग लायी और फ़रवरी के उस तीसरे हफ़्ते के शनिवार को समर प्रताप सिंह एसएसबी के चयनित प्रत्याशियों की कतार में शामिल कर लिए गए।

"फ़तह!" के फ़ेसबुक पर डाले गए स्टेटस में तमाम दोस्तों के साथ शगुन को भी टैग किया गया था। वैसे इच्छा तो समर साब की बस शगुन सिन्हा को ही टैग करने की थी।

पटना वापस आकर कॉलेज परिसर में इस बार फिर से शगुन की वो हल्की सी झप्पी ही मिली थी ख़बर सुनने के बाद। समर साब ने उस-रुकी-हुई-सोच के आगे वाली सोच की वस्तु न मिलने को शगुन सिन्हा की हया-यकलख्त-आयी-और-शबाब-आहिस्ता-आहिस्ता के हवाले करके मन को तसल्ली दे दी थी।

उधर कंकड़बाग़ कॉलोनी के 'कुमकुम सदन' में अब पुल पार करने का मुश्किल वक़्त आ गया था।

माँ ने तो खैर कोहराम ही मचा दिया 'आर्मी' लफ़्ज़ को सुनते ही और साथ में दोनों बड़ी बहनों ने भी फ़ोन पर। लेकिन मुनमुन माय-हीरो-ब्रो के उद्गार के साथ समर साब से लिपट ही गयी थी।

देर रात को घर लौटे ठाकुर सुदर्शन प्रताप सिंह की प्रतिक्रिया ने तो ख़ुद आश्चर्य को भी आश्चर्यचकित कर दिया।

ठाकुर सुदर्शन प्रताप सिंह ने शाबाश-मेरे-बेटे के ऐलान के साथ पहले तो पाँव छूने के लिए अपने इकलौते कुंवर के बढ़े हाथों को हवा में ही लपकते हुए उन्हें सीने से चिपका लिया और फिर देर तक पीठ पर ज़ोर-ज़ोर की थपकियाँ देते हुए चिपकाए रहे।

समर साब अपनी यादाश्त के समस्त गलियारों में घूमते हुए अब से पहले का ऐसा कोई लम्हा चाह कर भी नहीं ढूँढ़ पाए।

उधर उन्हें अपने आह्लादित करते आलिंगन से स्वतंत्र करने के पश्चात ठाकुर सुदर्शन प्रताप के मुखारबिन्द से निकले हुए संवाद कुमकुम सदन की दीवारों पर सदियों तक गुंजायमान रहने वाले थे।

"एह...हमारा बेटा! ह ह ह ह... समूचा देश बकता रहता है कि ये नेता लोग अपना बेटा को सेना में नहीं भेजता है... ह ह... हमारा बेटा सेना में जाएगा ब्रिगेडियर बनेगा... जनरल बनेगा। पहला नेता का बेटा है सेना में जाने वाला... शाबाश हमारे शेर... हमारे शेर अहा... शाबाश!!!

कल जब पार्टी हाईकमान को ये ख़ुशख़बरी मिलेगी कि सुदर्शन प्रताप सिंह का बेटा मिलिट्री एकेडमी में जा रहा है... सोचो तुम... सोचो तुम लोग... हमारी पार्टी की छवि क्या बनेगी। आहा...आहहा! छाती चौड़ी कर दिए हो रे तुम हमारा... आय शाबाश! समझ गए थे तुम्हारे जनम पर ही हम कि माँ दुर्गा साक्षात् तुमको हमारा, हमारे खानदान का परचम बुलंद करने के लिए भेजी हैं।"

ठाकुर सुदर्शन अगले 10-15 मिनट तक यूँ ही चालू रहे थे।

श्रीमती कुमकुम सिंह के माँ-रूपी तमाम कोहराम घर की दीवारों पर गूंजते उस भाषण के बोझ तले जाने कहाँ दबकर बिला गये कि पता भी नहीं चला।

समर साब पिता की इस अप्रत्याशित प्रतिक्रिया के सदमे से जैसे-तैसे उबरकर हॉस्टल चले आये। अगले दो-ढाई महीने अपनी छाती अब बिना किसी अतिरिक्त प्रयास के फुलाए कॉलेज कैम्पस में घूमते-फिरते नज़र आते रहे थे।

शगुन सिन्हा का निश्चित रूप से, यूँ वांछित से कम ही, लेकिन फिर भी पर्याप्त मात्रा में मिलता ध्यान समर प्रताप सिंह को ज़मीन से दो बित्ता ऊपर ही उठाये रखता था।

कमरे के एकांत में अब सपनों की दुनिया की उन काल्पनिक कहानियों के हीरो ने चमचमाती हरी वर्दी धारण कर ली थी। सपनों की इन कहानियों

का विलेन अब उस वर्दी के रौब से डर कर कॉलेज के कॉरिडोर में सहमा-दुबका रहता था हमेशा। हीरोइन अब दूर से दौड़ती आकर लिपटती नहीं थी, बल्कि हर घड़ी अपने हीरो से लिपटी ही रहती थी।"

...और जल्द ही सपनों की उस ख़ूबसूरत दुनिया का हकीक़त की कठोर दुनिया से आमना-सामना होने का वक़्त आ गया।

देहरादून जाने का दिन एकदम से टपक पड़ा था।

“स्टेशन आओगी न शगुन हमको सी-ऑफ़ करने?” विकल होकर पूछा था समर प्रताप सिंह ने।

“अरे कैसे नहीं आऊँगी...! हम सब आएँगे न...!” प्यानो ने एकदम से चहककर कहा।

जून की वो रात गर्मी और उमस का कोई कीर्तिमान बनाने पर तुली हुई थी।

पटना रेलवे स्टेशन पर देहरादून की ओर जाने वाली उपासना एक्सप्रेस को विदा करने ठाकुर सुदर्शन प्रताप सिंह अपने साथ पार्टी के तमाम कार्यकर्ताओं की एक अच्छी-ख़ासी भीड़ लेकर आये थे। पार्टी के कार्यकर्ताओं की तादाद प्लेटफ़ॉर्म पर मौसम की उमस के साथ-साथ समर प्रताप सिंह की सकुचाहट में भी इज़ाफा किये जा रही थी।

लेकिन जिसका उन्हें था इंतज़ार वो घड़ी ही नहीं आ रही थी बस... हाँ ट्रेन के खुलने की घड़ी ज़रूर आ चली थी।

विदा करने आयी कॉलेज के लड़के-लड़कियों की टोली में शगुन की अनुपस्थिति रात की उमस भरी गर्मी में जैसे सुलगते अंगारे भर रही थी।

बार-बार प्लेटफ़ॉर्म के प्रवेश-द्वार की ओर उठती निगाहों को भी शगुन सिन्हा की परछाई तक नहीं दिख रही थी।

“शगुन नहीं आयेगी क्या, ऋतिका?” समर ने व्याकुल होकर पूछ ही लिया।

“यार, तुम्हें उस शगुन की बच्ची की बहुत चिंता रहती है। हम सब हैं न यहाँ, वो कुछ नहीं। जाने दो न उसको! क्यों इतना भाव देते हो, जब वो पूछती नहीं तुमको धेले भर भी।” ऋतिका ने जाने क्यों तुनक कर जवाब दिया।

“सॉरी यार, वो तो हमने बस यूँ ही पूछ लिया!” समर साब सकपका कर बस इतना ही कह पाए।

“सुनो, बात करोगे न वहाँ से? तुम्हारा नंबर क्या रहेगा वहाँ पर?” ऋतिका ने थोड़ा मुलायम होते हुए पूछा।

“हाँ यार... बात काहे नहीं करेंगे। हमारा एयरटेल वाला नंबर ही रहेगा ऋतिका... होगा न तुम्हारे पास?”

“एक मिनट... ये ‘नाइन ट्रिपल फाइव, ऐट फाइव ऐट सिक्स सेवन वन’ वाला ही न?”

“हाँ वही वाला!” ऋतिका के सवालों का जवाब देते हुए भी समर साब की निगाहें प्लेटफ़ॉर्म के प्रवेश-द्वार की ओर ही टिकी हुई थीं।

लेकिन भारतीय रेल भी कितना साथ देती उस इंतज़ार के न-ख़त्म होते लम्हों का...!

अपनी तमाम बदनामियों के बावजूद उस रात कमबख़्त ट्रेन ने अपने नियत समय पर रवाना होने का निश्चय किया हुआ था।

एसी बोगी के दरवाज़े से जितनी लम्बी हो सकती थी, उतनी लंबी गर्दन निकालकर देख लेने के बाद भी शगुन क्या, उस से मिलती-जुलती कोई परछाई तक नहीं दिखी समर साब को।

लक्ष्य-प्राप्ति का तमाम उत्साह चलती ट्रेन की गति के साथ अब पीछे छूटता जा रहा था।

किसी काजल भरी टुकुर-टुकुर देखती आँखों की स्मृतियाँ, ट्रेन से झाँकती आँखों में खीझ और उदासी की जाने कैसी तो मिलीजुली बारिश करवा रही थी।

तेरा आना भी गर्मियों की लू है

देहरादून स्टेशन पर इंडियन मिलिट्री एकेडमी की 'रिसेप्शन' टोली में दमकती हरी वर्दी पहने जवानों और कंधों पर चमकते सितारों वाले दो-तीन हसीन ऑफ़िसर्स को देखते ही खीझ और उदासी के बादल छँट गए। एकेडमी के कैम्पस की भव्यता और चेटवुड परेड-ग्राउंड का वो सर उठाये उत्तुंग खड़ा विशाल क्लॉक टावर समर प्रताप सिंह को मानो किसी जन्नत में ले आया था। लेकिन रात ढलते ही सारे नये जेंटलमैन कैडेट्स के स्वागत हेतु एकेडमी की सख़्त ट्रेनिंग का महज़ एक ट्रेलर दिखलाने के लिए सीनियर्स द्वारा देर तक ली गयी रगड़ा-पट्टी ने समर साब को जन्नत से दोज़ख के द्वार तक पहुँचा दिया।

सुबह होने में बस चंद मिनट बाक़ी थे और पोर-पोर से दुखती देह लिए वो जब अपने बिस्तर पर पहुँचे तो विगत तीन-साढ़े तीन साल के दौरान ये पहली रात थी कि उन्हें शगुन के बजाय माँ की याद आयी थी।

एकेडमी की पहली सुबह ने सबसे पहले उनकी काली घनेरी ज़ुल्फ़ों को कसाईनुमा नाई की सधी हुई कैंचियों के हवाले किया। फिर सारे के सारे लगभग तीन सौ नये-नवेले कैडेट्स को चेटवुड परेड-ग्राउंड में भेड़-बकरियों की तरह हाँककर खड़ा कर दिया।

एकेडमी के 'एजुडेंट' का वेलकम एड्रेस होना था, यानी स्वागत भाषण।

"वेलकम टू द इंडियन मिलिट्री एकेडमी! आज का दिन... यह दिन तुम्हारी ज़िन्दगी का, तुम सब की ज़िन्दगी का सबसे ख़ास दिन है कि आज से पहले तुम सब के सब ज़िंदा नहीं थे। मुर्दा थे...मुर्दा! आज से तुम्हारी नयी ज़िन्दगी शुरू होती है।"

सफ़ेद घोड़े पर सवार लेफ़्टिनेंट कर्नल नवनीत देशपांडे। सीने पर कई मेडल्स से सजी हरी वर्दी। दाहिने हाथ में चमचमाती तलवार। बाएँ हाथ से लगाम संभाले नये कैडेट्स की कतार के सामने घोड़े को आहिस्ते-आहिस्ते चहलकदमी कराते हुए बुलंद आवाज़ में कह रहे थे।

“ट्रस्ट मी व्हेन आई से दिस, तुम सब के सब ख़ुशकिस्मत हो कि यहाँ खड़े हुए हो। इस चेटवुड परेड-ग्राउंड में, जहाँ आज से पहले, तुम सबके यहाँ खड़े होने से पहले लाखों शूरवीरों का पसीना बहा है। वह पसीना जो बाद में सरहद पर हमारे मुल्क की तरफ़ बढ़ते दुश्मनों के ख़ून में बदल गया। यू गायज़ आर वेरी स्पेशल, द चोज़ेन वन्स!"

"अपने आप पर गर्व करो कि तुम आज यहाँ खड़े हो। आने वाले डेढ़ साल तुम सब की ज़िन्दगी बदल कर रख देगा। टिल नाऊ यू वर जस्ट बेबीज़, हेयर. इन दिस एकेडमी वी विल मेक यू मैन।"

घोड़े की चहलकदमी बेशक परेड ग्राउंड के एक किनारे से दूसरे किनारे तक हो रही थी, लेकिन उस पर बैठे लेफ़्टिनेंट कर्नल की बुलंद आवाज़ जैसे हर कोने से एक-सी गूँज रही थी।

“लाइफ़ इज गोइंग टू बी टफ़, डैम टफ़। आने वाले दिनों में तुम सब में से कई छोड़ कर भाग जायेंगे। यहाँ कायरों के लिए कोई जगह है भी नहीं, जो जितनी जल्दी भागे, हमारे लिए उतना अच्छा है। ट्रेनिंग के दौरान कई बार ऐसा वक़्त आयेगा जब तुम सबको लगेगा कि कहाँ फँस गये, दैट विल बी जस्ट अ पासिंग मोमेंट। होल्ड ऑन टू दैट, जस्ट होल्ड ऑन टू दैट मोमेंट फॉर अ मिनट लॉंगर। टिके रहना उस कमज़ोर लम्हे में, वरना ज़िन्दगी में नहीं टिक पाओगे।”

“जस्ट रिमेम्बर, टफ़ टाइम्स डोंट लास्ट, टफ़ मैन डू। सख्त वक़्त नहीं टिकता, लेकिन सख्त आदमी टिका रहता है।”

सिहरन सी दौड़ रही थी समर प्रताप सिंह के रग-रग में।

किसी देववाणी से उतरते एक-एक शब्द मानो उनके कानों से होते हुए उनकी नसों में तैर रहे थे। समर साब अपने ही ख़ून के इस नए प्रवाह से अब तक अपरिचित थे।

“यहाँ तुम सब के अगले डेढ़ साल, तुम्हें सख्त आदमी में ढालेंगे। आज से-अभी से अगले डेढ़ साल तक तुम सब की साँसों पर इंडियन मिलिट्री

एकेडमी की हुकूमत चलेगी। तुम्हारी एक-एक हरकत... तुम्हारा एक-एक क़दम... तुम्हारी हल्की-सी छींक तक पर मेरी और एकेडमी के सारे इंस्ट्रक्टर्स की नज़रें रहेंगी। बाहर की दुनिया को भूल जाओ! नो मोबाइल फ़ोन्स, नो सोशल मीडिया, नो फ़ेसबुक एण्ड एण्ड ऑल दैट क्रैप। मेरे इस वेलकम एड्रेस के बाद सब अपने-अपने घरों में, अपने दोस्तों को, गर्लफ्रेंड्स को, जिसको-जिसको फ़ोन करना है... कर के बता दो। ऑल मोबाइल फ़ोन्स विल बी डिपोजिटेड और जब तुम लोग छः महीने बाद टर्म-ब्रेक में घर जाओगे चार हफ़्ते के लिए तब ही तुम सबको अपना-अपना मोबाईल वापस दिया जाएगा।"

नये कैडेट्स की उस लंबी कतार में एक दबी-दबी सी सिसकारी एकदम से फैल गयी।

"तुम सब को 30 से 40 कैडेट्स के ग्रुप में बाँटा जाएगा और हर ग्रुप को अलग-अलग कम्पनी में रखा जाएगा। अपने-अपने स्कूल-कॉलेज के हॉस्टल में रहते समय, जिसे तुम लोग हाउस कहते थे, उसे यहाँ एकेडमी में कम्पनी कहा जाता है। हर कम्पनी का नाम किसी न किसी बैटल-फ़ील्ड के नाम पर रखा गया है। फ़ील प्राउड अबाउट दैट, फ़ील ब्लेस्ड! लर्न अबाउट दोज़ बैटल्स! इन डेढ़ सालों में तुम सबको वह सब कुछ सिखाया जाएगा जो एक गुड सोल्जर होने के लिए ज़रूरी है।"

"ऑलवेज रिमेम्बर... देयर आर ओनली टू काइंड ऑव सोल्जर्स- द गुड सोल्जर एण्ड द डेड सोल्जर।"

इस आख़िरी जुमले पर हँसी की हल्की-सी फुहार बरस पड़ी, परेड-ग्राउंड में एक तरफ़ खड़े एकेडमी के 'इंस्ट्रक्टर्स' की टोली में।

"नाऊ आई विल हैंड यू ऑल ओवर टू योर रेस्पेक्टिव कम्पनी इंस्ट्रक्टर्स। यू गायज़ आर अलाइव फ्रॉम नाऊ ऑनवर्ड्स। सो फार यू वर जस्ट डेड! मेक योर फैमिली प्राउड, मेक योर एकेडमी प्राउड, मेक योर नेशन प्राउड।

ज़िन्दगी के हर लम्हे को जिओ और ऐसे जिओ कि यह बस आख़िरी लम्हा हो। मुश्किल वक़्त आये तो ज़ोर से ख़ूब ज़ोर से ठहाके लगाओ। जय हिन्द!"

आहिस्ते-आहिस्ते 'ट्राउट' करता हुआ वो सफ़ेद आलीशान घोड़ा एकदम से 'कैंटर' करने लगा और परेड-ग्राउंड से ओझल हो गया। पूरे परेड-ग्राउंड के वातावरण को एक अलग ही रुतबा देती हुई देर तक बस उसके टापों की आवाज़ आती रही।

...और फिर जैसे भूचाल-सा आ गया वहाँ। कम्पनी के 'इंस्ट्रक्टर्स' पहले से बनाये हुए कैडेट्स के ग्रुप को दौड़ाते हुए अपनी-अपनी कम्पनी में ले गये।

समर प्रताप सिंह को नये 29 कैडेट्स के साथ सैंग्रो कम्पनी में रखा गया था।

सन 1943 में द्वितीय विश्व-युद्ध के दौरान भारतीय सैनिकों ने ब्रिटिश आर्मी के साथ मिलकर सैंग्रो नदी के किनारे जर्मनी के ख़िलाफ़ एक ख़ूनी लड़ाई लड़ी थी। "बैटल ऑफ़ सैंग्रो रिवर" के नाम से मशहूर इस युद्ध ने इटली की आज़ादी की नींव रखी थी।

उसी युद्ध के नाम पर इंडियन मिलिट्री एकेडमी की सैंग्रो कम्पनी में जेंटलमैन कैडेट समर प्रताप सिंह की ट्रेनिंग शुरू हो चुकी थी।

सुबह से कब रात होती समर साब को पता ही नहीं चलता था। आने के दो हफ़्ते बाद रविवार को तनिक फ़ुरसत मिली थी और रगड़ा-पट्टी से थोड़ी-सी छूट, तो ख़ुद को घसीटकर कम्पनी के एसटीडी बूथ तक ले गए। पहला कॉल शगुन को ही लगाया था, लेकिन कॉल उठाया नहीं गया, शायद अनजान नंबर देखकर। दूजा कॉल मुनमुन को लगाया और मुनमुन का 'हैलो' सुनते ही छोटे बच्चों की तरह बिलख पड़े थे समर प्रताप सिंह।

"हैलो ब्रदर मेरे, कैसे हो यार? आय मिस यू बैडली!"

“ठीक ही हैं मून। ज़िंदा हैं घिसट-घिसट कर। जल्लाद हैं ये सीनियर लोग यहाँ पर। कमीने सब खीरा जैसे घिस-घिसकर छील-छीलकर खाते हैं हम लोगों को!”

“अरे तुम तो मेरे हीरो भाई हो न इतनी जल्दी हार मान जाओगे!” मुनमुन को वैसे तो ज़ोर की हँसी आयी थी, इस खीरा जैसे छील कर खाने की बात पर, लेकिन ऊपरी तौर पर उसने सांत्वना देते हुए कहा।

“बहुत रगड़ते हैं मुनमुनिया। काश कि तुम देख पाती ये सब, कल साले कमीनों ने थर्ड फ्लोर से नीचे सीढ़ी पर से रोलिंग करवा दिया। पूरी पीठ छिल गयी। चित्त होके सो नहीं पा रहे हैं।” समर साब बच्चे-से सिसक रहे थे।

“ओह! लेकिन शुरू-शुरू में ही होता होगा न ये सब। फिर ठीक हो जाएगा हीरो ब्रो। अच्छा वहाँ के बारे में बताओ तो, कैसे क्या है? कितने दिन की ट्रेनिंग है? कैसे रहते हो?” मुनमुन की उत्सुकता अपने चरम पर थी।

“जाने कैसे बीतेंगे डेढ़ साल। 6-6 महीने के तीन टर्म हैं। हमलोग जिसको सेमेस्टर कहते हैं न, यहाँ उसी को टर्म कहते हैं। हम लोग अभी फर्स्ट टर्मर हैं, मतलब इक्की हैं। दिसम्बर में पहला ब्रेक मिलेगा फिर जनवरी से सेकेण्ड टर्मर हो जायेंगे, मतलब दुक्की। रहने-वहने का तो बहुत ही बढ़िया है। हर कैडेट का अपना सेपरेट केबिन है। यहाँ रूम को केबिन कहते हैं। जैसे हम लोगों के उधर हॉस्टल में हाउस होता है न, वैसे ही यहाँ पर कम्पनी है। हम सैंग्रो कम्पनी में हैं। टोटल 16 कम्पनी है। हर कम्पनी का नाम किसी न किसी बैटल ग्राउन्ड के ऊपर है। हर कम्पनी में तीनों टर्म के लगभग तीस से चालीस कैडेट रहते हैं, यानी कि एक कम्पनी में लगभग 120 कैडेट। हम लोगों के खाने का मेस तो बहुते सुन्दर है और खाना भी बहुत अच्छा, लेकिन टाइम ही नहीं मिल पाता भर पेट खा पाने का।” समर साब इस बखान में फिलहाल अपना सब दर्द भूल गए थे।

"कितना अच्छा तो है, पहले टर्म का ही तो कष्ट है न, फिर तो सब ठीक हो जायेगा ब्रो। वैसे और क्या-क्या होता है?"

"बहुत कुछ सिखाते हैं। जानती हो, हम घुड़सवारी भी करने लगे हैं। अभी तैरने में थोड़ी मुश्किल हो रही है हमको, लेकिन सीख जायेंगे जल्दी ही। दो-दो स्विमिंग पूल हैं यहाँ पर।" थोड़ा-सा मुस्कुरा रहे थे अब समर साब।

"वॉव, आय एम सो प्राउड ऑव यू ब्रो!"

"लेकिन सीनियर सब कसाई हैं मुनिया। ये सारे दुक्की और तिक्की, कमीने हैं सब के सब। कहते हैं कि सब ट्रेनिंग का हिस्सा है, लेकिन इतना रगड़ते हैं क्या ट्रेनिंग में कि हम छिल ही जाएँ? बताओ!

जानती हो, इस जून की गर्मी में सड़क के तपते हुए कोलतार पर पुश-अप कराते हैं चोट्टा सब। हाथ में बड़का-बड़का छाला पड़ गया है। सब पीठ पर 22 किलो का पिट्ठू लाद कर और हाथ में पाँच किलो का राइफल थमाकर 20-20 किलोमीटर दौड़ाते हैं। घुटना तो लगता ही नहीं है कि हमारा सुनता है अब। तलवा देखोगी तो चीख़ पड़ोगी मुनिया तुम, एकदम छिल गया है।"

समर साब यूँ ही बिलखते से जाने कब तक जारी रहते, लेकिन एसटीडी बूथ के बाहर लाइन में लगे अन्य इक्कियों की 'अबे-बाहर-निकल' की चीख़-पुकार ने उन्हें जल्दी से बहन को विदा कहने पर विवश कर दिया।

छिली हुई पीठ, छाले पड़ी हथेलियाँ, टूटते कंधे, दुखते तलवों के साथ समर प्रताप सिंह तप रहे थे, मँज रहे थे, निखर रहे थे और बन रहे थे कठोर, क़ाबिल और कर्मठ।

व्यस्त सुबह से पस्त शाम तक तो मौक़ा नहीं मिलता, लेकिन देर रात गए नींद के धर-दबोचने से ठीक पहले शगुन की स्मृतियाँ उन्हें सहलाती थीं, दुलराती थीं। कविता-वविता जैसा जाने क्या-क्या लिखने लगे थे अपनी डायरी में, मेरे-दिल-की-धुन-सुन-रे-सुन-मेरी-शगुन-ओ-मेरी-शगुन जैसी कवितायें, जिन्हें वो ख़ुद ही लिखते, ख़ुद ही गुनते और ख़ुद ही ख़ुद पर पुलकित होते रहते।

दून घाटी में मचे इन तमाम उहा-पोहों से परे उधर गंगा किनारे अलग ही तूफ़ान मचा हुआ था। पटना का राजनैतिक परिवेश जुलाई के आख़िरी हफ़्ते से ही ठाकुर सुदर्शन की पार्टी के लिए मानो होली के बाद की होली और दीवाली से पहले की दीवाली लेकर आ धमका था। प्रदेश में सत्तारूढ़ वर्तमान गठबंधन की धज्जियाँ उड़ चुकी थीं और ठाकुर सुदर्शन की पार्टी ने अनायास हाथ आये अवसर को पूरी तरह से दबोच लिया था। जेल में क़ैदशुदा जनप्रिय कद्दावर नेता के दोनों सुपुत्र अपनी तथाकथित जवानी के जोश में या फिर यूँ कहा जाए कि किसी छुपे हुए इशारे पर प्रदेश की सत्तारूढ़ पार्टी पर भ्रष्टाचार के तमाम आरोपों का खुलासा करने बैठ गए थे। मुख्यमंत्री ने त्यागपत्र सौंपा और ठाकुर सुदर्शन की पार्टी ने क्षण भर नहीं लिया समर्थन की घोषणा करने में। गवर्नर के ऑफ़िस में प्रदेश के पार्टी-अध्यक्ष के साथ हाई-कमान के विशेष हुक्म पर ठाकुर सुदर्शन प्रताप सिंह भी गए थे बेशर्त समर्थन की पर्ची सौंपने।

मध्यावधि चुनाव से बचने के लिए और राजनैतिक स्थिरता को बनाए रखने के लिए नये डेमोक्रेटिक अलाइंस का आनन-फानन में लिया गया फैसला ठाकुर सुदर्शन की दूरदर्शिता के खाते में गया था।

इकलौते पुत्र के सेना में जाने की ख़बर को पार्टी वैसे भी तमाम प्रिंट और सोशल मीडिया में पहले से ही भुना रही थी।

उधर पटना के गरमा-गरम माहौल ने जाने कैसे इधर दून घाटी में इस साल सितम्बर के आख़िरी हफ़्ते में औचक बारिश का इंतज़ाम कर दिया था। दून की वादी में बारिश की अप्रत्याशित आमद ने इस साल की सर्दी को तयशुदा समय से पहले आने के लिए विवश कर दिया था।

समर साब हैरान थे कि सितम्बर में ही सर्दी का ये हाल है तो दिसम्बर-जनवरी में क्या होगा यहाँ।

सर्दी के इस अचानक आगमन ने समर प्रताप सिंह और उनके बैच-मेट्स का परिचय इंडियन मिलिट्री एकेडमी की कुख्यात 'मसूरी-नाईट' से करवाया।

सैंग्रो कम्पनी के 'सार्जेंट मेजर' का देर रात गए सारे इक्कियों के 'फ़ॉल-इन्स' होने का आदेश जितना रहस्यमयी था, उतना ही आतंकित करने वाला भी। इन बीते तीन-साढ़े तीन महीनों में बाक़ी जितने भी ज़ुल्मो-सितम उन पर बरसाए गए हों... लेकिन पहली रात के बाद उन्हें देर रात गए फिर कभी नहीं इकट्ठा किया गया था। ऊपर से सीनियर ऑफ़िसर्स के आदेश थे शायद कि फ़र्स्ट टर्मर्स (इक्कियों) को रात दस बजे के बाद परेशान नहीं करना है। ऐसा कुछ उन्हें दुक्कियों से पता चला था।

दुक्कियों ने समर साब के बैच को यह कहकर धमकाया भी था कि "दिस 'रॉयल ट्रीटमेंट' इज नॉट गोइंग टू लास्ट फ़ॉरएवर।"

...तो शायद अब तक चल रहे इस कथित 'रॉयल ट्रीटमेंट' के बेरहम अंत का समय आ गया था।

बारिश की हल्की-हल्की, झिस्सी-झिस्सी फुहारें सैंग्रो कम्पनी के पथरीले प्रांगण पर हौले-हौले से थपकी दे रही थीं। सहमते-ठिठुरते 30 इक्कियों का बैच अपने सीएसएम यानी कम्पनी सार्जेंट मेजर के आगमन की प्रतीक्षा करते हुए उस भीगते हुए प्रांगण के मध्य में खड़ा था।

इन विगत महीनों में समर साब और उनके बैच का सीएसएम से प्रत्यक्ष आमना-सामना नहीं हुआ था। दौड़ते-भागते एक ट्रेनिंग इवेंट से दूजे तक और फिर अपने केबिन में थक-हार कर सो जाने तक के दरमियान उन्होंने सीएसएम को बस दुक्कियों से निबटते देखा था। इक्की अभी बहुत दोयम दर्जे की प्रजाति थी शायद उसके सामने आने की औकात के हिसाब से। ट्रेनिंग के शुरुआती दिनों से ही इक्कियों में यह चर्चा गर्म थी कि सैनिक स्कूल तिलैय्या का 'प्रोडक्ट'... यह सीएसएम हिमांशु श्रीवास्तव जल्लाद है, जल्लाद।

तभी किसी दुक्की ने सीएसएम के बंद केबिन के दरवाज़े के आगे एड़ी बजाकर सैल्यूट करते हुए 'रिपोर्ट' लगाई ख़ूब ज़ोर की आवाज़ में,

"जय हिन्द सर! फर्स्ट टर्मर्स आर रेडी फ़ॉर योर एड्रेस सर!"

कम्पनी सार्जेंट मेजर के केबिन का दरवाज़ा खुला और 'नॉट-सो-टॉल,' लेकिन 'डार्क' और 'हैंडसम' जेंटलमैन कैडेट हिमांशु श्रीवास्तव ने मखमली गाउन पहने हुए बाहर क़दम रखा।

सन्नाटे की कोई आवाज़ होती है तो वह उस वक़्त साफ़ सुनी जा सकती थी- मानो झिस्सी-झिस्सी बारिश ने भी अपनी साँसें रोक रखी थी।

केबिन के बाहर बरामदे के एक खम्भे से अपने बाएँ पहलू को टिकाते हुए पहले तो क्षण भर को कम्पनी सार्जेंट मेजर ने इक्कियों की उस सिहरती-ठिठुरती टोली को दायें से बाएँ देर तक घूरा। फिर अपने मखमली गाऊन की ज़ेब से गोल्ड फ़्लेक का पैकेट निकाल कर एक सिगरेट को देर तक, बड़ी देर तक सुलगाया।

इस बीच मानो कोई सदी ही गुज़र गयी जैसे।

प्रांगण के एक तरफ़ चंद दुक्कियों की टोली सावधान खड़ी थी। सिगरेट का पहला कश लिया गया और एक भरी-भरी-सी खुरदुरी आवाज़ उभरी उस मखमली गाऊन से।

"आराम से!"

गिने-चुने दुक्कियों के सावधान से विश्राम होते ही इक्कियों की टोली में भी तनिक हलचल-सी हुई कि...

"नॉट यू कॉकरोचेज़! डेयर नॉट! अभी तुम सब इस क़ाबिल नहीं हुए कि मेरे सामने विश्राम में खड़े हो सको। स्टैंड इन सावधान यू स्टिंकिंग इक्कीज़!" सीएसएम हिमांशु श्रीवास्तव की गरजती आवाज़ गूँजी।

सहमकर किसी रोबोट की तरह सारे के सारे इक्की वापस सावधान की मुद्रा में आ गये।

"यू गायज़ हैड एनफ़ फ़न इन लास्ट थ्री एंड हाफ़ मंथ्स। नाऊ, नाऊ इज द टाइम फ़ॉर रियल मस्ती। आज से तुम्हारी असली ट्रेनिंग शुरू होती है। आज से होगी पहचान तुम्हारी, आज से पहले तुम सब जो कुछ भी थे, दैट जस्ट स्टॉप्स। अभी से तुम्हारी पहचान बस जेंटलमैन कैडेट एक्स वाय जेड, सैंग्रो कम्पनी एंड मी, हिमांशु श्रीवास्तव, जेंटलमैन कैडेट हिमांशु श्रीवास्तव, योर कम्पनी सार्जेंट मेजर इज योर रियल एंड ओन्ली पॉप, तुम सबका बाप। आर यू गायज़ गेटिंग मी?"

"यस सर,"

इक्कियों की टोली से सहमी-सहमी ठिठुरती हुई आवाज़ आयी।

"व्हाट द फ़क्क! हैव आई गॉट गर्ल्स इन माय सैंग्रो कम्पनी ऑर व्हाट? लड़कियों की एंट्री तो नहीं कर ली है इस बार एकेडमी ने मेरी सैन्ग्रो कम्पनी के लिए? ब्लडी दुक्कीज़? यही सिखाया है क्या तुम लोगों ने इन नमूने इक्कियों को अब तक? तीन महीने मैंने तुम लोगों के हवाले छोड़ा इन नमूनों को और देख लो इनकी हालत। गले से आवाज़ नहीं निकल रही है इन कमीनों की तो! फ़क्किंग शेमफ़ुल!!" मख़मली गाऊन से जैसे लावा निकल रहा था।

"सर, यस सर," इक्कियों की चीख़ इस बार आसमान को दहला रही थी।

"अय शब्बाशsss....! नॉट बैड-नॉट बैड, तो तुम लोगों ने यह साबित कर दिया कि इस बार सैंग्रो कम्पनी में लड़कियों का बैच नहीं आया है, वरना मैं तो डर ही गया था! सो ऑल ऑफ़ यू रिमूव योर क्लोथ्स नाऊ!"

एक डर भरी सरसराहट फैल गयी इक्कियों के बीच। बारिश की झिस्सी फिर से अपनी लय पकड़ चुकी थी और पहले से अधभीगे बदन ठंड के प्रहार से केबिन की गर्माहट और बिस्तर पर छोड़े हुए कम्बलों को आवाज़ दे रहे थे।

आदेश जारी हुए शायद सेकेंड्स ही तो गुज़रे थे।

"यू गायज़ हैव डाउट्स?" सीएसएम की चीख़ में शामिल अविश्वसनीयता नये कीर्तिमान स्थापित कर रही थी।

"शक है क्या तुम नमूनों को मेरे आदेश पर, हैंए? वापस घर जाना चाहते हो तुम सब लोग क्या? बोलो!"

उस चीख़ की हैरानी ने प्रांगण में खड़े चुनिन्दा दुक्कियों को एकदम हरकत में ला दिया। एकदम से चीख़-पुकार मची और अगले ही पल सारे के सारे इक्की अपने अंडरवियर्स में थे।

"गुड! वेरी गुड!! नाऊ... सब के सब पीछे मुड़! सामने दूर पहाड़ पे वो लाइट्स दिख रही है सब को? दैट्स द ब्यूटीफ़ुल टाऊनशिप ऑफ़ मसूरी। अगले टर्म में जब तुम लोग दुक्की हो जाओगे, यू ऑल विल सर्टेनली गेट अ चांस टू सी दैट प्लेस। फिलहाल मसूरी की लाइट्स देखो।

अकबर-बीरबल की कहानी तुम सबने सुनी होगी। वही बीरबल की खिचड़ी वाली? येह, एग्जैक्टली! ट्राइ टू गेट हीट फ्रॉम दोज़ लाइट्स। कीप स्टैंडिंग टिल आई स्मोक! वेलकम टू द मसूरी नाईट बेबीज़!"

कहकर सीएसएम हिमांशु श्रीवास्तव सिगरेट के काश खींचता हुआ अपने केबिन के सामने एक कुर्सी पर बैठ गया।

उधर भीगते खुले प्रांगण में खड़ी इक्कियों की टोली ठिठुरती हुई ट्रेनिंग के नए रूप से परिचित हो रही थी। सर्दी थी कि जिस्म के पोर-पोर में पैबस्त हो रही थी। ठिठुरते-कंपकंपाते एकेडमी के एक कोने में महज अंडरवियर पहन कर खड़े होना और दूर पहाड़ पर दिखती मसूरी की चमचमाती रौशनी को देखकर गर्मी लेना... उफ्फ़! समर साब को 'मसूरी नाईट' के इस पहले ही 'टेरर सेशन' के बाद इस बात पर यक़ीन हो गया था कि उनके सीनियर्स और ख़ास तौर पर उनका कम्पनी सार्जेंट मेजर किसी दूसरे ग्रह के क्रूर प्राणी हैं।

ऐसे कोई इंसान किसी इंसान के साथ बर्ताव कर सकता है क्या?

अगले दिन उन्होंने और उनके बैच-मेट्स ने गंभीरतापूर्वक इस बात पर विमर्श किया था कि क्या इस बर्बर व्यवहार की सुनवाई मानवाधिकार आयोग वाले करेंगे! किन्तु दूसरी रात फिर से दोहराई गयी प्रक्रिया ने उन

सबको नियति के सामने आत्म-समर्पण करने पर विवश कर दिया था। सबके द्वारा यह मान लिया गया था कि मानवाधिकार आयोग नाम की किसी भी संस्था का अस्तित्व सिर्फ़ मिथकों में है।

हाँ, समर साब ने इन कंपकंपाती क़यामत भरी रातों से निबटने का एक शानदार उपाय तलाश कर लिया था। इस 'मसूरी नाईट सेशन' के शुरू होते ही वो शगुन की यादों की तपिश में ख़ुद को लपेट लेते थे। उन कंपकपाती सर्दी की 'मसूरी नाइट्स' के तमाम 'टेरर सेशन' में शगुन की यादें जैसे पटना की गर्मियों वाली तपाती हुयी लू... आह!

#

मेरा चैन-वैन सब उज़डा....
ज़ालिम नज़र हटा ले

बीते चार महीने तयशुदा मिनट-दर-मिनट किसी रोबोट की दिनचर्या की तरह बीते थे। उस रोबोट की तरह जिसका ऑन बटन सुबह उठते ही दबा दिया जाता और फिर रात ढलने तक, जब तक उसकी बैटरी ख़त्म न हो जाए।

सुबह पाँच बजे उठना। फ्रेश होने के बाद पूरी कम्पनी की 'मस्टर परेड' पौने छ: बजे। वहाँ से चेटवुड ग्राउंड में उस्तादों के निर्देशन में कसाई ड्रिल। फिर वापस भाग कर कम्पनी में आना। ड्रिल वाली ड्रेस बदलकर फिजिकल ट्रेनिंग (पीटी) का ड्रेस पहनना। फिर पहुँचना पीटी ग्राउंड जहाँ 'पुश-अप्स', 'सिट-अप्स' और तमाम तरह के 'स्ट्रेंथनिंग' व 'एंड्यूरेन्स एक्सरसाइज़ेज़'।

फिर मेस में ब्रेकफ़ास्ट। मेस का टेबल भी किसी युद्ध-क्षेत्र से कम नहीं होता था। टेबल पर अगल-बगल बैठे दुक्कियों और तिक्कियों के हौलनाक सवालों से सामना होता। जवाब देते हुए मेस के 'टेबल-एटिकेट्स' भी निभाना और जल्दी-जल्दी खाना भी होता कि अगली परेड पर विलंब हुआ तो वो अलग मुसीबत का कारण बनेगा।

खाना खाते समय टेबल-एटिकेट्स के ऐसे विशाल पहाड़ खड़े होते थे सामने कि उनको पार करते हुए पेट भर खाना और समय पर खाना ख़त्म करना मानो सूरज को छू कर वापस आना था। खाने की प्लेट के दायें-बायें रखे काँटे और चम्मच की उलझन भरी जुगलबंदी से लेकर टेबल पर कोहनी न रखने की बंदिश को निभाते हुए एक-एक कौर, किसी सर्कस में ऊँचाई पर लटकते तारों और गोलों में कलाबाज़ियाँ करते हुए कलाकार की दक्षता और प्रवीणता के साथ निगलना होता था। और भूख तो इतनी लगती समर साब को कि वो ख़ुद पर ही हैरान थे कि ब्रेकफ़ास्ट में चार-चार अंडे और पंद्रह से बीस ब्रेड खा लेने के बाद भी लंच तक आते-आते कैसे वो बेदम-से हो जाते थे।

ब्रेकफ़ास्ट के बाद या तो चेटवुड हॉल के अलग-अलग क्लास रूम्स में सैन्य इतिहास और भारतीय सेना के विभिन्न हिस्सों की जानकारी वाले पीरियड्स होते या 'वेपन ट्रेनिंग एरिया' में तमाम तरह के राइफ़ल्स, पिस्टल, मशीनगन्स वगैरह की ट्रेनिंग होती थी।

दोपहर के दो बजे लंच ब्रेक होता। फिर शाम को चार बजे से शुरू होने वाले गेम्स-परेड तक कम्पनी के दुक्कियों और तिक्कियों के हवाले। इक्कियों के लिए यह लंच के बाद से लेकर गेम्स-परेड के शुरू होने तक का अंतराल किसी क़यामत से कम नहीं होता। दोपहर की धूप में कम्पनी के प्रागंण में कसाईनुमा दुक्की एक से बढ़कर एक एक्सपेरिमेंट करते थे इक्कियों पर। पेट के अंदर अभी-अभी गया लंच पसीने की शक्ल में पूरा का पूरा बाहर निकल आता था।

हाँ, दोपहर के चार बजे से गेम्स-परेड के दौरान थोड़ी मस्ती हो जाती थी विरासत में मिली ठीक-ठाक लम्बाई और रॉक स्टार जिम में बहाए गए पसीने का फ़ायदा मिल रहा था समर प्रताप सिंह को यहाँ गेम्स के दौरान। बास्केटबॉल और फुटबॉल में उनकी नैसर्गिकता धीरे-धीरे उनकी पहचान बना रही थी एकेडमी के सीनियर्स के बीच।

शाम के छः बजे गेम्स-परेड के बाद चाय के साथ कुछ स्वादिष्ट स्नैक्स का मिलना जैसे मैदान में बहाए गए पसीने का छोटा-सा पारिश्रमिक भर बस।

उफ़! लेकिन वो भी कितना कम होता था!

समर प्रताप सिंह को लगता कि किसी साज़िश के तहत उनका पेट एकदम अचानक बढ़ गया है... कितना भी खा लो, भूख थी कि ख़त्म ही नहीं होती थी।

शाम के सात बजे नहा-धोकर अपने-अपने केबिन को व्यवस्थित करने के बाद दरवाज़े खोलकर स्टडी टेबल पर पढ़ने बैठ जाना होता था। सिर्फ तिक्कियों को यह छूट थी कि वो स्टडी-पीरियड के दौरान अपने केबिन का

दरवाज़ा बंद रख सकते थे। बस दो महीने बाद ही तो तिक्कियों का बैच अपनी चमकती वर्दी के चौड़े कंधों पर दो सितारे सजाए लेफ़्टीनेंट बनकर भारतीय सेना के ऑफ़िसर कैडर में शामिल होने वाला था।

समर प्रताप सिंह जल्द से जल्द तिक्की बनना चाहते थे...!

लेकिन अभी तो उसमें देर थी, बहुत देर थी। अभी तो उन्हें कम्पनी के दुक्कियों के चंगुल से बचना था। अभी तो उन्हें उस नुकीले चंगुल से बचने के बाद राक्षस सीएसएम और अन्य दैत्यनुमा तिक्कियों के पंजों से छुपना था। अभी तो उन्हें ज़ुल्मी ड्रिल उस्तादों और कसाई पीटी उस्तादों के आग उगलते बरछी-तीर-कटारों से निबटना था। इस बचने, छुपने, निबटने के साथ-साथ उन्हें, न सिर्फ सारे के सारे ड्रिल, पीटी और क्लासेज़ के टेस्ट्स पास करने थे, बल्कि पटना और देहरादून के बीच की हज़ार दस हज़ार मील की दूरी के बावजूद शगुन सिन्हा को अपना भी बनाना था।

कैसे होगा ये सब?

"ओ शगुन, तुम आकर सब आसान कर दो न,

हो जाओ न हमारी यार अब!

तुम हमारी हो जाओ तो सब कुछ कितना ख़ूबसूरत हो जाएगा और यह मुश्किल ज़िंदगी कितनी तो आसान हो जायेगी यार!"

समर प्रताप सिंह अपनी नींद में कई बार चीख़ पड़ते शगुन का नाम लेकर ऐसा ही कुछ बुदबुदाते हुए। मानो उनके दिलो-दिमाग, उनके जेह्न, मस्तिष्क, मन जहाँ-जहाँ संभव था शगुन सिन्हा का आधिपत्य हो गया था। एकेडमी की तमाम दुश्वारियों के दम्यान शगुन सिन्हा की अदृश्य-सी उपस्थिति जैसे हमेशा साथ बनी रहती थी।

इतना 'मिस' करते उस प्यानो-सी आवाज़ वाली लड़की को कि समर साब की आँखें जब-तब बेतरतीब-सी भीग जाती थीं।

परेशान होकर उस दिन कॉल लगाया था उन्होंने एक रविवार को कम्पनी के एसटीडी बूथ से। किसी ज़िद की तरह लगातार आ रहे कॉल से परेशान होकर उठा ही लिया था अपना मोबाइल शगुन सिन्हा ने...

"हैलो, हू इज़ दिस?"

फोन के उस तरफ़ प्यानो की धुन बजी और फोन के इस तरफ़ एसटीडी बूथ में खड़े जेंटलमैन कैडेट समर प्रताप सिंह के सीने में नगाड़े की तरह धाड़-धाड़ बजता दिल अपनी तीन-चार धड़कनें धड़कना भूल गया। यह एक संभावित हृदयाघात की स्थिति थी।

"हैलो शगुन... हम समर!"

"अरे समर, कैसे हो? भूल ही गए तुम तो मुझे जब से आईएमए गए हो? कैसे हो? कैसी चल रही है ट्रेनिंग तुम्हारी?"

"ऐसे कैसे भूल सकते हैं हम तुमको शगुन? तुम तो हमेशा साथ रहती हो हमारे, यहाँ एकेडमी में भी। बहुत बार कॉल किये हम तो तुमको।" नगाड़े से बजते दिल पर थोड़ा नियंत्रण पाते हुए समर साब ने कहा।

"हाँ... सॉरी यार! ये देहरादून के कोड से कॉल्स तो आये थे बहुत। मुझे लगा कि ये कस्टमर केयर वाले कर रहे होंगे, इसलिए नहीं उठाया।"

"हम बहुत मिस करते हैं तुमको शगुन, बहुत-बहुत यार!" कहते-कहते समर साब की आवाज़ लगभग रुआँसी-सी हो गयी थी।

"हम लोग भी बहुत याद करते हैं तुमको, यहाँ कॉलेज में समर।" शगुन ने थोड़ा खिलखिलाते हुए कहा।

"अच्छा, सुनकर बहुत अच्छा लगा शगुन," रुआसी आवाज़ में एकदम अचानक से किलकती हँसी उमड़ आयी थी।

"ठीक है समर, अभी मुझे कहीं निकलना है। तुम ख़याल रखना अपना फिर बात करते हैं।"

"हैलो... शगुन सुनो तो!"

लेकिन कॉल कट चुका था उधर से और रिसीवर से बस एक मशीनी बीप-बीप की लगातार आवाज़ आ रही थी, जो किसी बम के धमाके-सी सुनाई दे रही थी, समर प्रताप सिंह के कानों को।

थोड़ी देर तक सकते की हालत में खड़े रहने के बाद समर साब ने कई सारे नंबर डायल किये... मुनमुन का, पटना साइंस कॉलेज के तीन-चार दोस्तों का, माँ का, दोनों दीदियों का नंबर। किसी ने फ़ोन नहीं उठाया।

जाने कहाँ मरे पड़े थे सब के सब!

पीछे बूथ के बाहर कम्पनी के इक्कियों की लगी हुई लम्बी कतार और बीच-बीच में अपनी वरिष्ठता का धौंस दिखाते हुए आ रहे दुक्की। बूथ पर उमड़ते आक्रमण के ख़तरे को बयान करना मुश्किल था।

तभी जाने क्या तो मन में आया समर साब के। शगुन के अधूरे कॉल का असर या घर की याद जैसा कुछ या फिर अकेलेपन का संत्रास, एक आख़िरी उम्मीद पर पहले तो उन्होंने फिर से मुनमुन का नम्बर डायल किया और पूरी रिंगटोन सुनते रहे। इसके बाद उन्होंने किसी आवेश में एक नंबर डायल कर दिया। वह नंबर जिसे अभी तक की ज़िंदगी में कभी नहीं डायल किया था उन्होंने।

पहली ही रिंग में उठा लिया गया उधर से। आवाज़ सुनते ही एकदम से मन किया था समर साब का कि कॉल काट दें। लेकिन अपने किसी से बात करने की ललक ने उधर से किये गए 'हैलो' के जवाब में समर साब को बोलने पर विवश कर दिया।

"हाँ हेल्लो शर्मा अंकल, हम समर बोल रहे हैं, ऐसे ही कॉल किये थे बस।" शर्मा जी, जितेन्द्र शर्मा, ठाकुर सुदर्शन प्रताप सिंह के पीए। उन्होंने ही मोबाईल उठाया था, ठाकुर सुदर्शन प्रताप सिंह का।

"अरे-अरे समर बेटा जी, कैसे हैं आप? एक मिनट रुकिए ठाकुर साब को मोबाईल देता हूँ।" उस वक़्त भी मन किया समर प्रताप सिंह का कि कॉल काट दें और भाग जाएँ बाहर एसटीडी बूथ से, लेकिन तब तक तो...

"हैलो समर! कैसे हो बेटा?"

"हाँ... ठीक हैं हम पापा! वो... वो घर में कोई फोन उठा नहीं रहा था तो आपका नंबर लगा दिए हम।" उस अजीब-सी झिझक के लिए कोई शब्द होता तो इस वक़्त शब्दकोष में नया शब्द जुड़ गया होता।

"बहुत अच्छा किये, बहुत ही अच्छा किये। कल तुम्हारी माँ से कह ही रहे थे हम कि तुम्हारी आवाज़ सुनने का मन कर रहा बहुत दिन से।" जाने क्या था उस संवाद में कि एसटीडी बूथ में खड़े उस जेंटलमैन कैडेट की आँखें पनिया आयी थीं।

"हाँ... हम ठीक हैं पापा। आप लोग कैसे हैं?"

"अरे हमारी चिंता मत करो। तुम एकदम अच्छे हो न? खाना-पीना मिलता है न ठीक से वहाँ पर? ट्रेनिंग कैसी चल रही है?" जाने क्या था इन दो-तीन सवालों में कि बिलख ही तो पड़े थे समर प्रताप सिंह।

"बहुत थक गए हैं पापा। हमको नहीं रहना यहाँ अब। आप हमको वापस ले जा सकते हैं क्या?"

"क्या कह रहे हो तुम? दिमाग़ ख़राब हो गया है तुम्हारा? नाक कटवाओगे तुम ठाकुर सुदर्शन प्रताप सिंह की? ये किसको पैदा कर लिया है हमने, राजपूतों के इस ख़ानदान में? रो रहे हो तुम, रो रहे हो? अरे, मुनमुन को भेज देते तुम्हारी जगह तो वो भी ऐसे नहीं रो रही होती। यहाँ पूरी पार्टी, पूरा देश में हीरो बनाए हुए हैं तुमको और तुम जनानियों की तरह कह रहे हो कि ले जाइए यहाँ से। बात करते हैं तुम्हारे मिलिट्री एकेडमी के जनरल साब से हम। कैसी ट्रेनिंग दे रहे हैं ये लोग कि जहाँ सेना में शेर ऑफ़िसर बनने चाहिए, वहाँ उनका एक कैडेट बाप के सामने रो रहा है। हमारा बेटा रो रहा है! चुपचाप ट्रेनिंग पूरा करो तुम समर, हम ऐसे ही परेशान हैं। यहाँ इस त्राहि-त्राहि करते राज्य को संभालें कि तुम्हारा ये जनानियों वाला रोना सुनें हम!" और फोन काट दिया गया था उधर से।

वो अवाक हो जाना जैसा जो कुछ भी होता है, कुछ ऐसी ही स्थिति हो गयी थी समर प्रताप सिंह की।

पहले तो एक न-ख़त्म होने वाले लम्हे तक उधर से 'स्टैटिक टोन' निकालते उस फोन के रिसीवर को घूरते रहे और फिर किसी बदहवासी की हालत में बूथ से निकल कर दौड़ पड़े।

शायद हज़ार दस हज़ार साल तक दौड़ते ही रहते वह, यूँ पागलों की तरह...!

फिर एकदम से बेदम होकर पसर गए वहीं कहीं एकेडमी के फ़ुटबॉल मैदान में। उन्हें कुछ भान नहीं था कि वह हैं कहाँ।

माँ की बेतरह याद आ रही थी, बस।

तभी गौरव आया उनका नाम पुकारता हुआ और आकर धम्म से वह भी लेट गया उनके बाज़ू में...

"व्हाट द फ़क्क, समर! व्हाट द हेल आर यू डूइंग हियर? एसटीडी बूथ से तेरे को घोड़े की तरह भागते देखा, तब से ढूँढ़ रहा हूँ तुझे। हुआ क्या बे, व्हाट द फ़क इज रॉंग मैन? क्यों ऐसे बावलीबूच बना हुआ है तू?" गौरव, गौरव बिष्ट, जेंटलमैन कैडेट गौरव बिष्ट, पिथौरागढ़ के पहाड़ों से उतरने वाला और इस एकडेमी में समर प्रताप सिंह का सबसे पक्का दोस्त।

"ये बाप लोग ऐसे क्यों होते हैं यार? आई जस्ट टोल्ड दैट इडियट पॉप ऑफ़ माइन टेक मी होम एंड ही वेंट क्रेज़ी यार। ऐसे ही बोल दिए थे यार उनको, सेंटी हो रहे थे हम। हमको तो बस थोड़ी सी बात करनी थी। आई वाज़ मिसिंग होम... आई वाज़ मिसिंग शगुन। एक तो ज़िन्दगी में पहली बार फोन किये उनको और उनका रिस्पांस। एम आई अ क्राई बेबी, गौरव? दैट ईडियट क्लाउन ऑफ माय पॉप, कहते हैं कि आई एम बिहेविंग लाइक अ वुमन! आई हेट हिम, आई हेट हिम सो मच! समझ में नहीं आता कि इस नमूने बाप को हमारी इतनी अच्छी माँ कैसे मिल गयी!" समर साब बूथ के उमड़े आँसू और उस बदहवास-सी दौड़ के बाद अलग ही अवतार में थे।

"हाहाहाहा... तो ये बात थी! मेरे को तो ये टेंशन हो गया था कि तेरा शगुन से कोई लफड़ा-वफड़ा हो गया है और इसलिए तू यूँ ऐसे आंधी-तूफ़ान की तरह भागा वहाँ से। थैंक गॉड, इट वाज जस्ट योर पॉप एंड नॉट योर गर्ल! अबे बाप होते ही इसलिए हैं, बेटे को हड़काने के लिए। इस पूरी धरती के सारे बापों को बनाया ही इसलिए गया कि वो जब चाहें अपने बेटों का बैंड बजा सकें। नाऊ लुक एट माय पॉप, दैट जोकर, रिटायर होने के बाद करता क्या है या तो पत्ते खेलता है दिन भर पहाड़ियों के साथ या दारू पीता है या फिर मुझे गालियाँ देता है। मेरी मम्मी पर तो उसकी एक नहीं चलती कि वो उल्टा पीट देती है उसको, फिर सारा कुछ मेरे पर ही निकालता है, जब भी फोन करता हूँ। कमीने को मोबाइल भी मैंने ही दिया ख़रीदकर और उसी मोबाईल से मेरे को ही गाली देता है।"

"हह...! हह...!! हह...!!! यार तुम्हारा तो केस ही अलग है। वैसे जब सवा साल बाद तुम घर जाओगे लेफ़्टिनेंट बनकर तो तुम्हारा रिटायर्ड सूबेदार बाप सैल्यूट मारेगा तुमको।" समर साब सामान्य हो चुके थे।

"ख़ाक सैल्यूट मारेगा, कमीना मेरे को लात मारेगा, लात! उसे तो हजम ही नहीं हो रहा कि मेरे को यूपीएससी और एसएसबी ने क्लियर कर दिया और मैं ऑफ़िसर बनेगा। उसके हिसाब से तो मेरी औकात सिपाही बनने की भी नहीं थी और बन भी गया तो जादा से जादा हवलदार बन कर पेंशन लूंगा। यही बोलता था वह मेरे को हमेशा।" गौरव के इस दर्द भरे क़िस्से पर भी समर प्रताप को हँसी आ रही थी।

"यार गौरव, इस बार टर्म-ब्रेक में तुम हमको अपने घर ले चलो। तुम्हारे पहाड़ों को देखना है और मिलना है तुम्हारे इन सूबेदार साब से।"

"व्हाय यू फ़कर... यू डोंट वाना गो टू पटना टू किस योर गर्ल?"

"किस...? अबे यार एक हग के लिए तरस रहे हैं अभी तो हम।"

"हाहाहाहा...! मिलेगा, सब मिलेगा माय ब्वाय। वो क्या कहते हैं कि सब्र का फल मीठा होता है। मिलेगा बे!"

"हाँ... हाँ! सब्र!! वो किसी सरफिरे शायर ने कहा है न, बहुत है नाज़ कि सब्र मुहब्बत में किया, पूछिए सब्र करते नहीं तो करते क्या। तो वही बात है बे गौरव!"

"तू और तेरी पोएट्री! चल चल, अब उठ... लेट्स गो बैक टू कम्पनी!"

...और इस तरह से इक्की टर्म वाले दिन गुज़र रहे थे। आसानी से तो नहीं, लेकिन गुज़र रहे थे।

नामुराद वक़्त की सबसे बड़ी खासियत यही तो है कि कैसा भी हो गुज़र ही जाता है।

इस गुज़रते वक़्त के आगोश में हफ़्ते के तीन दिन होती स्विमिंग-ट्रेनिंग का अलग ही बवाल था। गंगा की लहरों को बचपन से निहारते रहने के बावजूद एक छठ के त्यौहार के अलावा कभी समर साब घुटने भर पानी से ज़्यादा में उतरे नहीं थे। यहाँ टर्म की समाप्ति से पहले न सिर्फ़ उन्हें पचास मीटर तैर कर दिखाना था, बल्कि सात मीटर और दस मीटर डाइविंग बोर्ड से 'जम्प' भी लगाना था।

जब पहली बार उनके बैच को दस मीटर वाले डाइविंग बोर्ड पर से कूदने के लिए ले जाया गया, सैनिक स्कूलों से पढ़े हुए चंद इक्कियों के अलावा सारे डर के मारे चीख़ पड़े थे। लेकिन आलिया भट्ट के दीवाने गौरव ने जब उस दस मीटर डाइविंग बोर्ड से चीख़कर 'आलिया' का नाम लेते हुए जम्प लगा दी तो समर साब को भी शगुन का नाम लेकर कूदते देर न लगी।

कूदने से पहले की वो दहशत कि उस गगनचुम्बी डाइविंग-बोर्ड पर खड़े होकर नीचे झांकने से स्विमिंग पुल बस एक माचिस की डिब्बी जैसा नज़र आ रहा था।

समर साब को लग रहा था कि कूदने के बाद अगर वह पुल के किनारे टाइल्स लगे फ़र्श पर गिरे तो क्या गत बनेगी उनकी!

क्षण भर को उन्होंने ख़ून से लथपथ अपने फटे सिर और टूटी हड्डियों की कल्पना भी कर ली थी। कल्पना की हद तो अभी और भी आगे जा रही थी कि इसके बाद जब उनका मृत शरीर वापस पटना पहुँचेगा तो शगुन कितना रोएगी।

तभी नीचे खड़े सीएसएम द-हिमांशु-श्रीवास्तव की कर्कश आवाज़ गूंजी...

"ब्लडी समर प्रताप सिंहsss ... इफ़ यू डिले वन मोर सेकंड, आई विल कम अप एंड विल किक यू सो हार्ड दैट यू वोंट बी एबल टू स्लीप ऑन योर बैक एवर!"

इस गर्जना ने उन्हें एकदम से शगुन सिन्हा को अपनी बांहों में लपेटे हुए कूदने पर विवश कर दिया।

समर प्रताप सिंह जल्दी से जल्दी न सिर्फ तिक्की बनना चाहते थे, बल्कि तिक्कियों में भी सैंग्रो कम्पनी के कम्पनी सार्जेंट मेजर बनना चाहते थे।

लेकिन उसमें अभी देर थी, बहुत देर।

चौथा महीना ख़त्म होने को आया था और अभी तक उनसे ड्रिल टेस्ट पास नहीं हुआ था। कुछ अपने शरीर की विरासत में मिली नैसर्गिक बनावट और कुछ आदित्य वर्मा से निबटने के उपक्रम में ली गयी वो रॉक स्टार जिम की सदस्यता... दोनों ने मिलकर उन्हें इक्कियों के लिए निर्धारित सारे पीटी टेस्ट को तो वक़्त रहते 'पास' करा दिया था, जिनमें उनके बैच के ज़्यादातर इक्कियों को परेशानी हो रही थी। यहाँ तक कि गौरव बिष्ट से अभी तक 'पुश अप्स' और 'चिन अप्स' के टेस्ट नहीं हो पा रहे थे, जिसके लिए समर साब रात में डिनर के बाद भी उसके साथ शिद्दत से लगे रहते थे।

जाने क्या था ड्रिल-परेड के कदम-ताल और लेफ़्ट-राईट-लेफ़्ट में कि समर प्रताप सिंह का पाँच फिट ग्यारह इंच का शरीर तारतम्य बिठा ही नहीं पा रहा था!

चार महीनों बाद भी एकेडमी के बस गिने-चुने ड्रिल टेस्ट में लटके हुए इक्कियों में शामिल अपना नाम उनकी बर्दाश्त और उनकी शान के ख़िलाफ़ होकर उन्हें दिन-रात कचोटता रहता था। अभी उस दिन ही तो...

"थम...!!!"

इंडियन मिलिट्री एकेडमी का खौलता और उबलता हुआ चेटवुड परेड-ग्राउंड ड्रिल उस्ताद की इस कर्कश चीख़ से एकदम सहम-सा उठा था। बड़ी देर से ग़ौर कर रहे थे ड्रिल उस्ताद कि फ़र्स्ट टर्म कैडेट्स की टोली में जेंटलमैन कैडेट समर प्रताप सिंह बारम्बार लेफ़्ट-राइट-लेफ़्ट के उनके आदेश पर जाने क्यों लेफ़्ट पर दाहिना पाँव निकाल रहा था। इससे पूरी टोली की लय तो बिगड़ ही रही थी... बार-बार बाक़ी कैडेट्स के क़दम से क़दम मिलाने की उनकी असफल कोशिश से ड्रिल उस्ताद का ध्यान भी भटक रहा था।

जेंटलमैन कैडेट समर प्रताप सिंह को पूरी तरह नेस्तनाबूद कर देने की परम इच्छा को किसी तरह नियंत्रण में रखते हुए ड्रिल उस्ताद ने दिशा-विस्मृत समर साब के बाएँ पाँव को अपने भारी बूट से कुचलते हुए कहा,

"अब जब भी मैं लेफ़्ट बोलूँ जेंटलमैन कैडेट समर प्रताप सिंह, तो अपना वो पाँव आगे निकालना जो ज़ोर से दुख रहा है!"

ड्रिल उस्ताद की यह 'कुचली' हुई सीख समर प्रताप सिंह के दिमाग में उम्र भर के लिए अंकित रह जाने वाली थी।

वैसे तो सब कुछ ठीक था, बस ये ड्रिल टेस्ट में मिल रही बार-बार की विफलता समर साब को बेचैन किए हुए थी।

जाने क्यों समर साब को लगता शगुन दूर से उनकी हर सफलता-विफलता पर नज़र जमाये हुए है। उन्हें लगता कि कुछ तो ऐसा जादू-टोना ज़रूर है कि वो लगातार शगुन सिन्हा की नज़रों में रहते हैं। वह आसमान के तारों या चाँद या सूरज या बहती हवाओं या बारिश की बूंदों या जाने कैसे तो कैसे करके बस हर पल उन्हें देखती रहती है।

उनका इस ड्रिल टेस्ट में बार-बार असफल होना भी शगुन को दूर पटना में दिख रहा है। ड्रिल टेस्ट के दाहिने मुड़ से बाएँ मुड़ और सलामी-शस्त्र और वो तमाम चीज़ें बस इसी लगातार देखे जाने की वजह से गड्ड-मड्ड हुई जा रही हैं और वो इस देखे जाने के बोझ तले अपना सर्वश्रेष्ठ नहीं दे पा रहे हैं।

ज़ालिम-नज़र-हटा-ले की उनकी गुहार दूर गंगा किनारे हॉस्टल के उस कमरे तक पहुँच नहीं रही थी। वहीं बेरहम वक़्त था कि बस बीता जा रहा था। फ़र्स्ट टर्म अपनी समाप्ति की ओर था।

चेटवुड बिल्डिंग के सामने पसरा काले कोलतार से लिपा हुआ डेढ़ बटे एक किलोमीटर का परेड ग्राउंड समर साब के दिन के चैन और रातों की नींद की धज्जियाँ उड़ाए हुए था।

ऊपर से ड्रिल उस्तादों के ज़ुल्मों-सितम थे कि कम होने का नाम ही नहीं ले रहे थे।

अभी उस दिन परेड-ग्राउंड में जेंटलमैन कैडेट समर प्रताप सिंह के बैच के ड्रिल टेस्ट में फ़ेल होने वाले सारे इक्कियों को इकट्ठा कर एकेडेमी के सूबेदार मेजर, बड़ी-बड़ी गलमुच्छों वाले कमान सिंह का न-ख़त्म होने वाला भाषण भय और डर का नया ही सैलाब लेकर आया था।

"अपने बैच और इस भारतीय सैन्य अकादमी पर कालिख़ बनकर यहाँ खड़े आप सब कामचोर जेंटलमेन कैडेट्स, ध्यान से सुनें।"

परेड-ग्राउंड के एक किनारे पर बने मंच से दोनों विशाल गलमुच्छों के पीछे मानो किसी गहरी गुफ़ा से निकलते हुए सूबेदार मेजर कमान सिंह के कर्कश शब्द कोड़े की फटकार की तरह कैडेट्स पर बरस रहे थे।

'यह काला आयताकार डेढ़ बटे एक किलोमीटर वाला चेटवुड परेड-ग्राउंड, जिसे आप सब जेंटलमेन कैडेट्स के अनुशासन की नींव बनना था... मुझे अफ़सोस है कि यह आप सब की क़ब्रगाह बनने वाला है। इस परेड-ग्राउंड को यूँ ही "बेडरॉक ऑफ़ डिसिप्लिन" नहीं कहा गया है। जब इस

परेड-ग्राउंड में कैडेट के शरीर के भीतर का एक-एक अस्थि-पंजर-रक्त-मज्जा निचोड़ कर निकाल दिया जाता है, तो सिवाय डिसिप्लिन के कुछ बचता ही नहीं है उसके शरीर में। लेकिन आप सब नामुराद इस भारतीय सैन्य अकादमी के सुनहरे इतिहास में पहले ऐसे गिने-चुने कैडेट्स होने वाले हैं, जिनकी यहाँ क़ब्र बनेगी। आपका पहला टर्म ख़त्म होने में दो हफ्ते रह गए हैं... थर्ड टर्मर जेंटलमैन कैडेट्स पास-आउट होकर लेफ़्टिनेंट साब बनने वाले हैं, लेकिन आप सब मकड़े कैडेट्स यहीं एड़ियाँ घिसते रहेंगे और घिसते-घिसते यहीं के काले तारकोल में मिल जायेंगे। कितना गर्व होगा न आपके परिवार वालों को कि आप सबने हर साल इस परेड-ग्राउंड पर लगने वाले अलकतरे का पैसा बचा लिया।"

समर प्रताप सिंह के साथ-साथ बाक़ी सारे कैडेट्स की सहमी-सहमी निगाहें उस परेड-ग्राउंड की सतह पर फिसलती चली गयीं, जैसे सब के सब ख़ुद को गर्म काले तारकोल में परिवर्तित होकर बिछते हुए देख पा रहे हों।

"आप सबकी नालायकी इस परेड ग्राउंड में आने वाले कैडेट्स की सैकड़ों पीढ़ियों तक चर्चा में रहेगी। इस नालायकी और इसके परिणाम से खौफ़ खाकर फिर कोई और कैडेट ड्रिल टेस्ट को हल्के में नहीं लेगा। इसके लिए मेरा ख़ासतौर पर आप सब नामुराद कैडेट्स को शुक्रिया रहेगा। आज से एक साल बाद जब आपके बैच के अन्य होनहार और क़ाबिल जेंटलमेन कैडेट्स अपने पासिंग आउट परेड के दौरान इसी ड्रिल स्क्वायर के "अंतिम पग" से आप सब को रौंदते हुए गुज़रेंगे और शूरवीर ऑफ़िसरों से भरी हुई इस महान भारतीय सेना का हिस्सा बनेंगे, तो वे सब के सब भी आप बेशर्मों का शुक्रिया अदा करेंगे।"

इन दहकते शब्दों के साथ सूबेदार मेजर कमान सिंह की आवाज़ कर्कश से कर्कशतर होती जा रही थी और समर साब उस हर फटकार के साथ थोड़ा और लहूलुहान होते जा रहे थे।

"अगले हफ्ते आप सब को आख़िरी एक और मौक़ा दिया जाएगा। जो पास होंगे वो थर्ड टर्मर कैडेट्स के 'पासिंग आउट' परेड के बाद घर जायेंगे चार हफ़्ते की छुट्टियों में। जो फिर से फ़ेल हो जाते हैं, उन्हें बस डेढ़ हफ्ते का ब्रेक मिलेगा और उसके बाद से वे कैडेट्स इसी परेड ग्राउंड में सोयेंगे। यहीं उठेंगे-बैठेंगे तब तक, जब तक कि उनके सिर से लेकर पाँव तक का एक-एक हिस्सा घिस कर इस महान परेड-ग्राउंड के अलकतरे में मिल न जाए। अब दफ़ा हो जाइए यहाँ से आप सब।"

चेटवुड परेड-ग्राउंड से वापस कम्पनी तक का रास्ता टनों वज़नी हो चुके क़दमों से चलना दुश्वार हो रहा था, समर प्रताप सिंह के लिए।

कम्पनी के दुक्कियों और तिक्कियों ने ड्रिल टेस्ट में बारबार फ़ेल हो रहे इक्कियों की अलग फ़जीहत मचा रखी थी। सैंग्रो कम्पनी के तीस इक्कियों में कुल ग्यारह फ़ेल इक्कियों में समर साब का नाम भी शुमार था और इस छोटी सी फ़ेहरिस्त में शामिल होने की लानतें उन्हें हर दिन, हर पल मारती थीं।

हताशा की शैतानी तो ऐसी थी कि कमबख़्त किसी ऊँचे पेड़ की फुनगी पर जा बैठी थी और नीचे उतरने का नाम ही नहीं ले रही थी।

'ड्रिल' शब्द कहीं से सुन भर लेने से समर प्रताप सिंह के सीने की धड़कनें मानो फ़ॉर्मूला रेसिंग में शामिल तीव्र गति से चलती कारों से प्रतियोगिता करने लगती थीं।

"क्या हो गया मेरी जान? किस लिए मुँह लटकाए बैठा है?" गौरव बिष्ट दोनों हाथों में दो थर्मस चाय भरकर लिए आया था।

"कुछ नहीं यार। बस सोच रहे हैं कि हम कंधे पर लेफ़्टिनेंट रैंक के दो सितारे लगने से पहले और दुश्मनों की गोलीबारी देखे बिना ही शहीद होने वाले हैं यहीं, अपनी इस महान एकेडमी के परेड-ग्राउंड में यहाँ के ड्रिल उस्तादों के हाथों और अफ़सोस इस बात का है कि यह शहादत कितनी निकम्मी-सी होगी। कोई साला अवार्ड-सवार्ड भी नहीं मिलेगा मरणोपरांत।" समर प्रताप सिंह की हताशा ने छोटी-सी चिढ़ का लबादा ओढ़ लिया था।

"हहहह...हहहह! यार तुझे जब गुस्सा आता है तो कितना फ़नी हो जाता है तू, पता भी है तुझे?"

"तंग मत कर हमको अभी। भरे बैठे हैं। फट सकते हैं कभी भी।"

"हह...हह! एज़ इफ़ आय एम बौदर्ड यू फ़क्कर! जस्ट शट द फ़क अप एंड हैव टी! ये ड्रिल-ड्रिल सब हो जाएगा बे! ये इस एकडेमी का काम है तुझे ड्रिल और मुझे पीटी टेस्ट पास कराना। दे कांट जस्ट थ्रो अस अवे। सो चिल्ल!"

"हाँ... हाँ, तुम्हारा क्लियर हो गया है न ड्रिल इसी लिए ऐसे बोल रहे हो। हमारी तो ऐसी हालत हो रखी है अब कि कहीं रास्ते में किसी ड्रिल उस्ताद को देख लेते हैं, तो घुटने काँपने लगते हैं। ऊपर से लगता है जैसे शगुन उधर दूर से भी सब देख रही है, तो हमको शर्म आती है।"

"ओ भाई, भाई मेरे! तू कौन से प्लानेट से आया है बे? शगुन देख रही है? अबे कहाँ से देख रही है? तू और तेरी वो शगुन, धेले भर का भाव तो देती नहीं तुझे और शगुन-शगुन करते रहता है। शगुन देख रही है...हहहह...ओह गॉड, ब्लडी द बिगेस्ट जोक आई हैव एवर हर्ड! वेक अप यू रास्कल!" गौरव बिष्ट ने हैरत से हँसते हुए और अपना सिर हिलाते हुए कहा।

"प्यार करती है वो हमसे, जानते हैं हम। अभी परख रही है हमको।" समर साब ने सारे कटाक्ष को कुछ यूँ नज़रअंदाज़ कर दिया जैसे सुना ही न हो।

"रहने दे, तेरा कुछ नहीं हो सकता। और तेरी ड्रिल उस्तादों से फटती क्यों है बे? दे आर द फ़नियेस्ट क्रीचर ऑफ़ दिस यूनिवर्स यार। अपने रंगई राजन उस्ताद के डायलॉग्स, माय गुडनेस! ही कैन गिव एनी स्क्रिप्ट राइटर्स ऑफ़ बॉलीवुड रन फ़ॉर देयर मनी।"

"हा हा... ये तो सही कह रहे हो तुम। ये जेंटलमैन कैडेट्स, ऐसा कदम उठना चाहिए कि आसमान से धुआँ और ज़मीन से चिंगारी निकले। उधर

मसूरी में हनीमून मनाने वाले कपल अपने होटल के बेड पर से उछल जाएँ और उन्हें मालूम हो जाए कि इधर भारतीय सैन्य अकादमी में लोहा बन रहा है, लोहा।" समर प्रताप सिंह ड्रिल के एक दबंग उस्ताद हवलदार रंगई राजन की नक़ल उतारते हुए अब बिल्कुल सहज हो चुके थे।

"हहहह! और उनका वो ख़ास जुमला, ये देख लो, देख लो इस कैडेट समर प्रताप को, दो कदम चलेगा लेकिन हेलेन की तरह और थमेगा तो काजू के माफिक खड़ा हो जाएगा।"

"हा हा ! हा हा !! कभी नहीं भूल सकते हम वो डायलॉग उनका। और ये कैडेट बिष्ट सुधर जाओ, जितना तुम्हारा वज़न नहीं है, उतना तो मैं रोटी खा लेता है डेली ब्रेकफास्ट में।"

दोनों के ठहाकों की गूंज देर तक खनकती रही थी शाम की चाय की चुस्कियों के साथ। समर प्रताप सिंह फिलहाल अपना भय, अपनी हताशा और शगुन का देखना भूल चुके थे और चाय की चुस्कियों में मगन थे।

#

मेरा ग़म जो किसी से छुपता नहीं

साल का आख़िरी महीना अपनी प्रौढ़ावस्था में था। गंगा किनारे ठाकुर सुदर्शन प्रताप सिंह की पार्टी गुजरात और हिमाचल के दो प्रदेशों में हासिल अभूतपूर्व जीत का जश्न मना रही थी। हाई कमान से एक लम्बे अंतराल की चुप्पी के बाद ठाकुर सुदर्शन के लिए फ़ोन भी आया था प्रधान सेवक साब का। बिहार के लिए कुछ नयी रणनीतियों पर चर्चा हुई और अंदरूनी सूत्रों की बात मानें तो प्रधान सेवक ने उनके लिए बिहार छोड़कर कैबिनेट के गलियारे में आने के न्यौते को फिर से दोहराया था। ठाकुर सुदर्शन प्रताप सिंह ख़ुश थे, बहुत ही ज़्यादा ख़ुश और शायद इस बार इस न्यौते पर गंभीरता से विचार करने लगे थे।

लेकिन उनकी इस बेपनाह ख़ुशी से अनजान देहरादून से चली एक ट्रेन उदास-उदास से जेंटलमैन कैडेट समर प्रताप सिंह को पटना ला रही थी। अपनी तमाम कोशिशों के बावजूद समर साब ड्रिल टेस्ट में सफल नहीं हो पाए थे।

पहले टर्म का समापन हो गया था। एकेडमी के सारे तिक्की वर्दी के दोनों कंधों पर दो-दो सितारे सजाये भारतीय सेना के विभिन्न रेजीमेंट्स में ऑफ़िसर्स बन कर पास-आउट हो चुके थे। अगले साल की जनवरी के दूसरे हफ़्ते से नए टर्म की शुरुआत होते ही दुक्कियों की टोली तिक्की बनकर कहर बरपाने वाली थी। समर प्रताप सिंह का बैच दुक्की बनने वाला था। इक्कियों का ताज़ा बैच एकेडमी के प्रांगण की शोभा बढ़ाने वाला था।

सबको चार हफ़्ते की छुट्टी मिली थी, सिवाय समर साब और उनके जैसे विभिन्न टेस्ट में असफल अन्य कैडेट्स के। समर प्रताप सिंह को डेढ़ हफ़्ते में ही वापस आना था और नया टर्म शुरू होने से पहले ड्रिल टेस्ट को पास करना था। वरना उन्हें इक्कियों के नए बैच के साथ फिर से इक्की ही रह जाना पड़ सकता था।

...तो समर साब उदास थे न सिर्फ उदास थे, बल्कि बुरी तरह र शर्मिन्दा भी थे। लगभग छ: महीने की हाड़-तोड़ ट्रेनिंग के बाद घर वापस आने की ख़ुशी जाने कहाँ काफ़ूर हो रखी थी।

पापा को पता चलेगा तो क्या होगा! उनके व्यंग्य बाण की कल्पना ही समर साब की रूह को छलनी-छलनी किये जा रही थी।

शगुन को मालूम चल जाएगा तो वो क्या सोचेगी उनके बारे में?

कहीं वो ठठाकर हँस तो नहीं देगी?

समर प्रताप सिंह का मन कर रहा था कि काश देहरादून से चली हुई ट्रेन चलती ही रहे बिना रुके, अनंत काल तक के लिए, लेकिन ऐसा तो होना नहीं था!

ये अनगिनत 'काश' कहाँ कभी अमली जामा पहन पाते हैं। वही होता है जो प्रारब्ध ने पहले से तय कर रखा होता है।

ट्रेन पटना जंक्शन पर जब पहुँची तो शाम ने अपना लिबास उतारकर रात का चोगा पहन लिया था।

शर्मा जी... जितेन्द्र शर्मा कुंवर साब के स्वागत में स्टेशन पर पहुँचे हुए थे। स्टेशन से कंकड़बाग की लगभग 20 मिनट की यात्रा शर्मा जी के चिढ़न्तू और माथा-भंजक प्रश्नों से सराबोर रही।

"क्या-क्या सिखाते हैं आप लोगों को बेटा जी? खाने में क्या-क्या खिलाते हैं? कौन-कौन सा हथियार अब चला लेते हैं आप? पिस्तौल भी लाए हैं साथ में क्या? कैसा लगता है राइफल चलाने में? तोप भी दागने का मौक़ा मिला क्या? आप हवाई जहाज भी उड़ा लेते होंगे अब तो?" शर्मा जी अपनी नैसर्गिक उत्सुकता में समर साब की मन:स्थिति से एकदम बेपरवाह सवाल पर सवाल किए जा रहे थे।

"शर्मा अंकल, वहाँ सुबह से शाम तक सब हमारी बैंड बजाते हैं। बस और कुछ नहीं करवाते," समर साब ने एकदम से उखड़ते हुए कहा और स्कॉर्पियो की खिड़की से बाहर पीछे छूटती सड़क को निहारने लगे।

कुमकुम सदन लोगों से खचाखच भरा हुआ था।

दोनों दीदियाँ, उनके बच्चे, ठाकुर सुदर्शन प्रताप सिंह, उनकी पार्टी के ख़ासम-ख़ास लोग, सब देहरी पर ही खड़े थे। मुनमुन उछल रही थी दोनों हाथ हिलाते हुए।

...और सबसे आगे खड़ी थीं कुमकुम सिंह अपने दोनों हाथों में प्रज्ज्वलित दीप, अक्षत और फूलों से सुसज्जित बड़ी-सी थाली लिए। समर प्रताप सिंह की लज्जा और शर्मिन्दगी एकदम से माउंट एवरेस्ट की ऊँचाई से दो-दो हाथ करने को तैयार हो गयी थी। यह सारा दृश्य देखकर, समर साब का मन तो किया कि शर्मा जी से विनती करें स्कॉर्पियो को वापस स्टेशन की तरफ मोड़ लें। लेकिन प्रज्ज्वलित थाली थामे माँ ने उन्हें चुपचाप उतरने को विवश कर दिया।

सकुचाये से समर प्रताप सिंह ने माँ के हाथों में घूमती थाल को प्रणाम किया, प्रज्ज्वलित दीप की ऊष्मा को माथे से लगाया और झुककर चरण स्पर्श किया। माँ ने एक झटके में थाली मुनमुन के हाथों में थमाते हुए पैरों पर झुके बेटे को उठा कर सीने से लगा लिया और हिचक-हिचक कर रो पड़ीं।

"कितने दुबले और कमज़ोर हो गए हो तुम? ये मिलिट्री वाले ठीक से खाना नहीं देते क्या?"

"ओहो मॉम...आप भी न, कितना हैंडसम और स्ट्राँग लग रहा भाई मेरा," यह मुनमुन थी, जो दीप वाली थाल पकड़े-पकड़े ही आलिंगनबद्ध माँ-बेटे से लिपट गयी थी।

"अरे हमको भी मिलने दोगी तुम लोग कि नहीं हमारे शेर से?" ठाकुर सुदर्शन प्रताप सिंह ने आगे बढ़ते हुए कहा।

समर साब, माँ और मुनमुन से अलग होते हुए पापा के पैरों को छूने के लिए झुके ही थे कि ठाकुर सुदर्शन ने बेटे को अपनी सुदृढ़ बांहों में भर

लिया। समर साब कुछ झिझकते और अनमने से थोड़ी देर तक सिमटे रहे पिता के विशालकाय बाहुपाश में और फिर ख़ुद को अलग करते हुए अपनी दोनों दीदियों की ओर बढ़ गए।

फिर देर रात तक कुमकुम सदन में बातें चलती रहीं। हर ओर से सवालों की झड़ियाँ सी लगी हुई थीं। हर कोई समर साब से इंडियन मिलिट्री एकेडमी की दिनचर्या, ट्रेनिंग, खाना-पीना, रहन-सहन वगैरह के बारे में जानना चाहता था। समर साब बड़े धैर्य से सारी उत्सुकताओं का जवाब देते रहे।

"कितने दिन की छुट्टी है समर? वापस कब जाना है?" ठाकुर सुदर्शन का यह सवाल बोफ़ोर्स तोप के गोले-सा आ लगा था समर प्रताप सिंह के सीने पर।

"डेढ़ हफ़्ते की ही छुट्टी है पापा। जल्दी वापस जाना है। कुछ नई ट्रेनिंग के लिए हम लोगों के बैच को जल्दी बुलाया जा रहा है?" समर साब ने थोड़ा रुक-रुक कर नज़रें चुराते हुए कहा।

"इतनी जल्दी क्यों? इतनी कड़ी ट्रेनिंग के बाद इतनी कम छुट्टी, ये तो ग़लत कर रही है सरकार।" कुमकुम सिंह का मातृत्व विद्रोह पर उतर आया था ।

"अरे चुप रहो तुम! लोहा बनाती है इंडियन मिलिट्री एकेडमी, कोई मज़ाक थोड़ी न है। ग़लत कर रही है सरकार, हा!

बेटा भारतीय सेना का ऑफ़िसर बनने जा रहा है, मेहनत तो लगेगी ही। हफ़्ते भर की छुट्टी दी है, आराम करेगा थोड़ा और फिर तैयार अगली ट्रेनिंग के लिए। तभी तो हमारी सेना के ऑफ़िसर इतने बहादुर और जांबाज़ होते हैं। तुम लोगों का ज़ोर चले तो अपने बेटों को पल्लू में ही छुपा कर रखे रहो हमेशा, बस। फिर वहाँ उधर सीमा पर कौन लड़ेगा, हैंsss?" ठाकुर सुदर्शन प्रताप सिंह ने कुमकुम सिंह को लगभग डपटते हुए कहा।

यह सब सुनकर समर प्रताप सिंह की सकुचाहट कमरे की दीवारों तक फैलती चली जा रही थी।

मानो ज़माने भर की थकान ने उनके पूरे वजूद को आकर अपनी गिरफ़्त में ले लिया था और वो फिलहाल बस अपने कमरे में जाकर बिस्तर पर लुढ़क जाना चाहते थे। लेकिन दूसरी तरफ़ ठाकुर सुदर्शन प्रताप सिंह की बातें ख़त्म ही नहीं हो रही थीं।

"देखो समर, अगले साल के आख़िर में तुम भारतीय सेना के ऑफ़िसर बन जाओगे। लेफ़्टिनेंट बनकर जिस भी रेजीमेंट वगैरह में जाओ, अपने खानदान का और अपने देश का नाम रौशन करोगे। हमारे पूरे खानदान में वर्दी पहनने वाले तुम पहले हो और हमारी छाती हर पल इस बात पर चौड़ी होती जाती है। इधर प्रधानमंत्री जी का फोन आया था हमको। वह हमको दिल्ली बुला रहे हैं। हम भी अब सोच रहे हैं कि बहुत सेवा कर लिए प्रदेश की। अब केंद्र में जाकर इस सेवा को तनिक और विस्तार दिया जाए। तुम अगले दिसंबर में लेफ़्टिनेंट बन जाओगे और उसके तीन-चार महीने बाद ही देश में लोकसभा का इलेक्शन होगा। इस बार भी अपनी पार्टी को पूर्ण बहुमत मिलेगा, इसमें हम सबको कोई शक नहीं। देखो, हमको क्या पोर्टफ़ोलियो मिलता है। जो भी मिलेगा, पार्टी कुछ न कुछ अच्छा ही सोचेगी हमारे लिए। तुम बस अच्छे से ट्रेनिंग करो और भारतीय सेना का खूब बढ़िया वाला ऑफ़िसर बन कर दिखाओ। बहुत नाज़ है हमको तुम पर।"

रात और लम्बी खिंचती चली जाती, यदि कुमकुम सिंह ने अपने इकलौते सुपुत्र की लगातार उठती उबासियों को देख न लिया होता।

"बहुत थक गया है। अभी इसको सोने दीजिये, बाक़ी बातें कल भी हो जाएंगी।"

नींद बेचैन-सी थी। पूरी रात समर प्रताप सिंह इसी उलझन में करवटें बदलते रहे कि वह अभी इंडियन मिलिट्री एकेडमी की सैन्ग्रो कम्पनी में अपने केबिन के बेड पर हैं या फिर पटना में अपने घर के कमरे में।

सुबह माँ के हाथों बने आलू के पराठों के स्वाद ने एकेडमी के मेस वाले ब्रेड ऑमलेट के स्वाद की भरपाई कुछ इस कदर की कि चार मोटे-मोटे पराठे उदरस्थ कर लेने के बाद पाँचवें की फ़रमाइश ने कुमकुम सदन के तमाम बाशिंदों को लगभग हैरान ही कर दिया।

चिड़िया के चुग्गे से खाना खाने वाले अपने बेटे को यूँ खाते देखकर कुमकुम सिंह तो निहाल ही हो गयी थीं।

पाँच पराठे खाने के बाद होंठों पर एक बड़ी-सी संतुष्ट मुस्कान लिए अब समर प्रताप सिंह ख़ुद को पटना साइंस कॉलेज भ्रमण के लिए तैयार कर रहे थे।

दिल की धड़कनें थीं कि बस छाती फाड़कर बाहर आ जाना चाहती थीं।

छ: महीने बाद वो शगुन सिन्हा को देखने वाले थे।

“गले लगेगी क्या?” समर साब की सोच बस इतने पर ही अटकी हुई थी, आईने में ख़ुद को निहारते हुए।

डार्क ब्लू जींस पर गोल गले का सफ़ेद टी-शर्ट पहना था उन्होंने और ऊपर से इंडियन मिलिट्री एकेडमी का चुस्त लाल व आसमानी रंग की धारियों वाला स्पोर्ट्स ब्लेज़र।

“कहर... कहर! उफ्फ़!! ब्रो, किसके क़त्ल का इरादा है?” मुनमुन ने पीछे से आते हुए बोला।

“भक्क! कुछ भी,” समर साब थोड़े से शरमा गए थे।

“आय हाय! बहुत ही डैशिंग लग रहे हो मेरे हीरो, कहाँ की सवारी है सोल्जर की? मैं भी चलूँ?”

“कॉलेज जा रहे। यार-दोस्तों से मिल कर आते हैं मुनिया।”

“यार-दोस्तों से या किसी ख़ास से ब्रो?”

“किसी ख़ास की तरफ से कोई भाव ही नहीं मिलता मुनमुन! ट्राय किये जा रहे हैं, बस!”

"कौन लड़की होगी यार जो मेरे इस हैन्डसम ब्रो को अब घास नहीं डालेगी। तुम जाओ तो सही कॉलेज और देखो क्या होता है।" मुनमुन ने पास आकर समर साब के ब्लेज़र का कॉलर ठीक करते हुए कहा।

"तुम्हारे मुँह में घी-शक्कर-लड्डू-रसगुल्ला सब मुनमुनिया!" समर साब ने ख़ुशी से चहकते हुए कहा।

"आज गोली चला ही देना सोल्जर ब्वाय और निशाना चूकना मत!" मुनमुन ने अपनी बायीं आँख दबाते हुए कहा।

"हहहहह! हाँ-हाँ, चला देंगे बे बन्दूक जब समय आयेगा। ओय ये तो बता, तुम्हारे उस हार्ले डेविडसन का क्या हाल है? दोस्ती अब तक वोस्ती की तरफ बढ़ी की नहीं?" समर प्रताप सिंह ने एकदम से पूछा।

"हटाओ यार तुम, कमीना साला कुत्ता है वो। पापा को गालियाँ दे रहा था। मैंने लगाया घुमा के एक थप्पड़ मुँह पे, हुँह।" मुनमुन ने तैश में आते हुए कहा।

"अच्छाsss, लेकिन काहे? काहे गाली दे रहा था पापा को?"

"अरे यार तुम तो उधर थे ट्रेनिंग में, इधर बहुत बवाल हुआ था दो-तीन महीने पहले। वह एक घपला हुआ था ट्वेल्थ के बोर्ड एग्जाम में तो पापा ने विधान सभा में हड़कंप मचा दिया था अपने स्पीच से। एजुकेशन डिपार्टमेंट पर इन्क्वायरी कमीटी-वमीटी भी बैठ गयी थी, तो तुषार के बाप ने पापा के ख़िलाफ़ खुलेआम दुश्मनी का ऐलान कर दिया है।" मुनमुन ने संक्षेप में सब बता दिया समर साब को।

"ओहो, यानी कि 'वोस्ती' शुरू होने से पहले ही ब्रेक-अप? चच्च्च्च्चच, पुअर मून, अब क्या करेगी? विरह में सैड साँग तो नहीं गा रही हो न तुम?" समर प्रताप ने बहन को छेड़ते हुए कहा।

"शटअप ब्रो! ऐसा कोई सीन था ही नहीं उस कमीने तुषार यादव से और अब तो कोई स्कोप भी नहीं।" कहते हुए, समर साब ने गौर किया कि मुनमुन की आवाज़ में थोड़ी उदासी तैर आयी थी।

"तुमको अच्छा लगता है न वो, मून?"

"क्या फ़र्क पड़ता है यार? पॉलिटिक्स है न बीच में ब्रो, अच्छा लगने या न लगने को डिक्टेट करने के लिए।"

"ओहो! सुनो, तुम कहो तो हम मिलें एक बार हार्ले डेविडसन से?"

"बकवास न करो, जाओ-जाओ अपने कॉलेज और अपनी वाली को सँभालो पहले। बड़े आये मिलने वाले, हुँह!"

"अच्छा बाबा, ठीक है। जाते हैं, जाते हैं। गुस्साओ मत बे।"

"जाओ, ऑल द बेस्ट! दाग देना बन्दूक आज मेरे सोल्जर।" मुनमुन ने हँसते हुए कहा।

दिसंबर की सर्दी में कुनमुनाता हुआ सूरज पटना साइंस कॉलेज के कैम्पस के ओस से भीगे रास्तों और हरे-भरे लॉन्स पर जी खोलकर अपनी गुनगुनी धूप लुटा रहा था। हॉस्टल के दोस्तों ने तुरंत ही समर साब को देखते घेर लिया था।

ज़ुबान तो सबके सवालों के जवाब दे रही थी, लेकिन आँखें थीं कि बेचैन-सी चारों ओर घूम रही थीं एक चेहरे की तलाश में।

ये मुहब्बत भी क्या अजीब शय बनायी है ऊपरवाले ने, हज़ारों की भीड़ में भी किसी एक शख़्स को एकदम से तन्हा बना देती है, कमबख़्त।

थोड़ी देर बाद ही हज़ार वाट के बल्ब-सी चमक उठी थीं वो बेचैन आँखें, जब शगुन सिन्हा अपनी दो-तीन सहेलियों के साथ आती दिखी।

"अरे समर....कब आये तुम? कैसे हो?" इन बीते छह महीनों में प्यानो की खनक जैसे और बढ़ गयी थी।

"ठीक हैं हम शगुन। कल ही आये हैं। तुम कैसी हो?" समर प्रताप सिंह कॉलेज के उस हरे-भरे लॉन की घास पर पिघल से गए थे।

"बड़े हैण्डसम लग रहे हो समर। आर्मी की ट्रेनिंग ने पूरा लुक ही चेंज कर दिया है तुम्हारा।" यह ऋतिका थी, जो जाने कैसी तो नेह भरी निगाहों से समर प्रताप सिंह को निहार रही थी।

"हाहा... हाँ शायद!" समर साब ने उन नेह भरी निगाहों में झाँकते ही थोड़ा सकपकाते और थोड़ा-सा झेंपते हुए कहा।

"सच में समर! यू आर लुकिंग ग्रेट!" शगुन का इतना कहना था बस। कोई अगर गौर से देखता तो समर साब उस लॉन की घास पर पिघलकर बहते हुए देखे जा सकते थे।

...और फिर देर तक बातें चलती रहीं सबकी आपस में।

इस तमाम गपशप में समर प्रताप सिंह सरापा आँखें बन चुके थे और बस टुकुर-टुकुर शगुन को निहारे जा रहे थे।

देर शाम गए जब वो घर लौटे तो अरसे बाद अपना फ़ेसबुक अकाउंट खोला। उन्होंने शगुन सिन्हा के पिछले छह महीने का पूरा टाइम-लाइन खंगाला। एक-एक पोस्ट, एक-एक अपलोड की हुई तस्वीर को देखते रहे देर तक और सब पर लव-लाइक चस्पा करते गये। अभी वापस अपने टाइम-लाइन पर जाने ही वाले थे समर साब कि शगुन का नया अपडेट किया हुआ स्टेटस चमक उठा। "सेल्फ़ी-शगुन-की" के हैशटैग के साथ आज के दिन वाली तीन-चार तस्वीरें थीं बैच के लड़के-लड़कियों के साथ और समर प्रताप सिंह उन सब तस्वीरों के केंद्र में थे।

स्टेटस का कैप्शन पढ़कर तो समर साब के सीने से उछलकर धाड़-धाड़ करता हुआ बेलगाम दिल मानो सीधा हलक में आ फंसा था।

कैप्शन कुछ यूँ कह रहा था-

वी हैव आवर वेरी ओन हीरो अमंगस्ट अस, समर प्रताप सिंह।

समर साब पहले तो देर तक उन तस्वीरों और कैप्शन को निहारते रहे और फिर एकदम नज़ाकत से लव-लाइक वाले बटन को क्लिक कर दिया।

कमेन्ट में ढेर सारे रंग-बिरंगे दिल चिपकाने के बाद उस पोस्ट को शेयर करते हुए लिखा,

देयर आर सम गर्ल्स इन द वर्ल्ड, हू चेंज द एयर इन द रूम
देयर आर सम गर्ल्स इन द वर्ल्ड वर्थ किलिंग फ़ॉर
एंड देन देयर आर अ फ़्यू वर्थ डाईंग फॉर

और उसके ठीक नीचे अभी-अभी ताज़ा बुनी गयी कविता की दो पंक्तियाँ भी "लव यू ऑल" के साथ चेप दी।

यहीं थी
तो कहाँ थी अब तक?
नहीं थी
तो क्यों नहीं?
यहीं हो
तो कहाँ हो बोलो?
नहीं हो
तो क्यों नहीं?

वैसे मन तो उनका था उस "लव यू ऑल" वाले जुमले में 'ऑल' की जगह बस एक नाम को लिखने का, लेकिन अभी उनकी इस तन्हा मुहब्बत को इसके लिए बहुत हिम्मत-आजमाइश करनी थी।

अभी तो मुहब्बत फिलहाल फ़ेसबुक स्टेटस पर मिले शगुन के लव-लाइक और कमेन्ट में हासिल "वाओ समर टू गुड, कितनी सुन्दर पोएम है" पर ही वारी-न्यारी जा रही थी और इसी को अपना हासिल मान कर इतरा रही थी।

डेढ़ हफ़्ते का समय बीतते ज़रा भी वक़्त कहाँ लगा। समर प्रताप सिंह को लग रहा था कि अभी कल ही तो आये थे छुट्टी पर, और आज ही वापस जा रहे हैं।

इन डेढ़ हफ़्तों में लगभग रोज़ ही मिलना हुआ शगुन से। ये और बात है कि उससे अकेले मिलने की ख़्वाहिश आख़िर तक बस ख़्वाहिश ही बनी रही। लड़के-लड़कियों का पूरा हुजूम साथ ही रहा हमेशा। इन डेढ़ हफ़्तों में अपनी मुहब्बत को मंज़िल तक पहुँचाने के इरादे को फिलहाल मुल्तवी करते हुए समर साब ने सोचा कि अब यह मंज़िल साल भर बाद जब कंधे पर लेफ़्टिनेंट रैंक के सितारे सजेंगे, तब ही हासिल करेंगे वो और तब उन्हें कोई रोक नहीं पायेगा, कोई भी नहीं।

ख़ुद शगुन सिन्हा भी नहीं!

जोश मलीहाबादी थे न, जिन्होंने कहा था कि:

वहाँ से है मेरी हिम्मत की इब्तिदा वल्लाह,
जो इंतिहा है तेरे सब्र आजमाने की।

इसी शेर को गुनगुनाते हुए समर प्रताप सिंह वापस देहरादून जाने वाली ट्रेन में बैठ गए थे।

ट्रेन खुलने से पहले शगुन को किये गए व्हाट्सएप मैसेज-

लीविंग फ़ॉर दून,
विल सी यू अगेन आफ़्टर सिक्स मंथ्स

के जवाब में शगुन का मैसेज आया-

"टेक केयर हीरो,
विल लव टू सी यू इन योर ऑफ़िसर्स यूनिफ़ॉर्म"

इस मैसेज ने समर प्रताप सिंह को देहरादून तक पूरे रास्ते एक पुलक भरी मंद-मंद मुस्कान की चादर में लपेटे रखा था।

❖

दर्द होता है
दर्द जब चुभता नहीं

इंडियन मिलिट्री एकेडमी का प्रांगण सूना-सूना सा था। गिनती के कैडेट्स वापस आये थे बस। सब के सब वही कैडेट्स जो किसी-न-किसी टेस्ट में फ़ेल हो रहे थे।

कहाँ लगभग दो हज़ार जेंटलमेन कैडेट्स की चिल्ल-पों से हर वक़्त गुलज़ार रहने वाली एकेडमी और कहाँ बस सौ लोगों के बीच का पसरा हुआ यह नीरव सन्नाटा।

वीरानी-सी वीरानी थी। कुछ ऐसी वीरानी कि नया साल भी ख़ामोशी से आकर एकेडमी के चेटवुड परेड-ग्राउंड में दायें मुड़-बायें मुड़ और लेफ़्ट-राइट-लेफ़्ट करने लगा था।

सुबह से शाम तक इन सौ के लगभग कैडेट्स का उनके अपने-अपने टेस्ट्स से जुड़ी प्रक्रियाओं का अभ्यास चलता रहता। गौरव बिष्ट की पीटी ग्राउंड में और समर प्रताप सिंह की ड्रिल-ग्राउंड में रगड़ा-पट्टी अपने पूरे उफ़ान पर थी। समर साब की मानें तो उनके दोनों घुटने अपनी वास्तविक जगह से हिल चुके थे और दोनों पैरों की एड़ियाँ भारी-भरकम जूतों के अंदर घिस-घिस कर गायब ही हो चुकी थीं। लेकिन "विल-लव-टू-सी-यू-इन-योर-ऑफ़िसर्स-यूनिफ़ॉर्म" वाला संदेश उनके लिए किसी संजीवनी बूटी की तरह काम कर रहा था। जब-जब वो पस्त होने को होते, इस संदेश का जेहन में चमक उठना उन्हें एक नए जोश से भर देता था।

अब यह नियति थी या फिर उमड़ती हुई नयी लगन या फिर उस संदेश की करिश्माई ताक़त कि एकेडमी के औपचारिक रूप से खुलने से पहले ही जेंटलमैन कैडेट समर प्रताप सिंह ने जनवरी की उस ठिठुरती सुबह को अपना ड्रिल-टेस्ट पास कर लिया।

राइफ़ल को हवा में ऊपर उछालते हुए समर साब की उस "हूsss याsss" वाली चीख़ ने पूरे चेटवुड ग्राउंड को थर्रा ही दिया था।

दो दिन बाद ही गौरव बिष्ट ने भी पीटी-ग्राउंड में चिन-अप बार पर किसी तरह से अपने भारी-भरकम जिस्म को दस बार खींच कर ऊपर करते हुए अपना टेस्ट पास कर लिया था।

दोनों ही अब सैंग्रो कम्पनी के सेकेंड टर्म वाली बिरादरी में शामिल हो चुके थे। दुक्की का ठप्पा लग गया था उन दोनों पर भी।

पुणे की नेशनल डिफ़ेन्स एकेडमी से 'पास-आउट' होकर आये कैडेट्स का भी बँटवारा हर कम्पनी की दुक्कियों के साथ हो गया था। इंडियन मिलिट्री एकेडमी की हर कम्पनी में अब इक्की से नए-नए बने दुक्कियों की संख्या बढ़कर 45 से 50 के आस-पास हो चुकी थी।

एकेडमी में ताज़ा-ताज़ा फर्स्ट टर्मर्स का आगमन हो चुका था। नए-नए दुक्की बने कैडेट्स अपनी वरिष्ठता का रौब सहमे-से सकुचाये-से नए-नए इक्कियों पर आजमाते एकेडमी के हर दूसरे कोने में देखे जा सकते थे। ट्रेनिंग का नया सत्र अपने पूरे ताम-झाम के साथ शुरू हो चुका था।

नए इक्कियों की हालत देखकर जेंटलमैन कैडेट समर प्रताप सिंह कई बार अचरज से अपने गुज़रे हुए वक़्त को देखते कि कैसे उन्होंने इतने मुश्किल छः महीने निकाल दिए।

"शगुन का साथ न होता तो कैसे कर पाते वह ये सब," जवाब में सोचते।

उधर उनके इस अजूबे धन्यवाद ज्ञापन से दूर पटना निवासी वह प्यानो सरीखी आवाज़ की मलिका भले ही पूरी तरह अनजान हो, समर साब को कोई फ़र्क नहीं पड़ता था। वह अपनी इस मुहब्बत के अफ़साने को ख़ुद ही गुनगुनाते और ख़ुद ही सुनते थे और मंद-मंद मुस्कुराते रहते थे।

साल के तीसरे महीने का आगमन हो चुका था। दून घाटी से सर्दी की विदाई महीने की शुरुआत में ही होली के रंगों के उलीचे जाने से हो चुकी थी। मार्च का चौथा और आख़िरी रविवार था जब समर प्रताप सिंह के बैच को पहली बार 'आउट पास' पर बाहर शहर जाने की अनुमति प्रदान की गयी थी। पिंजरे से छूटे शेर की तरह देहरादून के पैसिफ़िक मॉल में सब इकट्ठा हुए थे। दिन भर का कार्यक्रम बड़ा ही सीधा-सरल सा सोचा गया था सारे नए-

नए बने दुक्कियों द्वारा। मॉल में खाना पिज़्ज़ा और बर्गर, कोई फ़िल्म देखना, थोड़ी-बहुत शॉपिंग, शाम को वापसी।

पिछले हफ़्ते ही अजय देवगन की नयी रिलीज़ हुई फ़िल्म 'रेड' पर पूरे बैच का रेड हुआ था।

फ़िल्म शुरू होने में वक़्त था अभी तो डोमिनोज़ पिज़्ज़ा उदरस्थ करने का आयोजन हुआ और समर साब मौक़ा देखकर इंटरनेट कैफ़े की ओर दौड़ पड़े। लगभग साढ़े तीन महीने बाद लॉगिन कर रहे थे, वह अपना फ़ेसबुक अकाउन्ट। नोटिफ़िकेशन्स के सैलाब में एक विशेष नोटिफ़िकेशन सबसे पहले दमक उठा था।

शगुन सिन्हा टैग्ड यू एंड 77 अदर्स इन अ पोस्ट

उस नोटिफ़िकेशन पर क्लिक करते ही यूँ लगा मानो समर प्रताप सिंह ने अपने 'डेथ-वारंट' पर ख़ुद ही हस्ताक्षर कर दिए हों।

#सगाई_शगुन_की के हैशटैग के साथ एक तस्वीर चस्पा थी, शगुन सिन्हा को अंगूठी पहनाते आदित्य वर्मा की। साथ में सभी दोस्तों को निमंत्रण भी था।

फ्रेंड्स द डी-डे इज फ़िक्स्ड, इट्स 15 जून।

समर प्रताप सिंह के लिए सबकुछ स्वाहा हो चुका था। वह अवसन्न रह गये। आँखें किसी मन्त्र से शापित अपलक बस सामने कम्प्यूटर स्क्रीन को घूरे जा रही थीं। जाने कितने ही लम्हे गुज़र गए उन्हें बैठे हुए शून्य में घूरते, जब गौरव उन्हें वहाँ ढूँढता हुआ आया।

“अबे समर, इतनी देर से क्या कर रहा है बे? चल न... फ़िल्म शुरू होने वाली है।”

समर प्रताप सिंह से कोई जवाब न पाकर, उसने उनके कंधे को हिलाया “क्या हुआ बे” के सवाल के साथ। डबडबायी आँखों से समर साब ने बस उसे इशारा किया खुले हुए फ़ेसबुक के पन्ने की तरफ़। तस्वीर और स्टेटस देखकर गौरव सब समझ चुका था।

उसी ने लॉग आउट किया, इंटरनेट वाले को पैसे दिए, समर साब को लगभग खींचता हुआ मॉल से बाहर ले आया। ऑटो लिया और एकेडमी पहुँच समर प्रताप सिंह को सीधा उनके कमरे में ले गया।

सृष्टि रुकी हुई थी। आसमान जैसे नीचे धरती से आकर चिपक गया था।

मार्च की रूखी-सूखी हवाओं के जैसे हाथ उग आये थे और उन हाथों से वह समर प्रताप सिंह की गर्दन दबा रही थी।

दो हज़ार कैडेट्स से भरी-पूरी एकेडमी को मानो किसी सन्नाटे के दैत्य ने अपने चंगुल में कस लिया था।

बड़ी देर तक चुपचाप उनके कमरे में बैठे गौरव ने कहा, "तुझे कुछ करना होगा समर। उससे बात कर, पूछ उस शगुन की बच्ची से हाऊ, हाऊ कुड शी डू दिस टू यू।"

"जस्ट लीव मी अलोन अभी गौरव," जवाब में उस वक़्त समर साब के मुँह से बस इतना ही निकला था।

रात दस बजे के घोषित 'फॉल-इन' में, 'काउंट-अप' के लिए जोकि बाक़ायदा सबकी गिनती गिन कर यह सुनिश्चित किये जाने के लिए होता था कि बाहर गए सारे कैडेट्स वापस आ गए हैं, जेंटलमैन कैडेट समर प्रताप सिंह अनुपस्थित ही रहे। हालाँकि गौरव बिष्ट की तस्दीक के बाद कि उनकी तबियत ख़राब है और एक थर्ड टर्मर कैडेट द्वारा कमरे में जाकर उनको देख आने के बाद, उनकी उपस्थिति लग गयी थी।

यूँ रात्रि दस बजे 'लाइट्स ऑफ़' की घोषणा हो जाने के बाद किसी भी कैडेट का किसी अन्य कैडेट के कमरे में जाना वर्जित था, लेकिन उस रात गौरव देर तक बैठा रहा था समर साब के कमरे में।

पूरी रात एक के बाद एक सिगरेट फूंकते हुए समर प्रताप सिंह बस इसी बात की रट लगाये रहे कि उन्हें किसी भी तरह शगुन से मिलने जाना होगा, कि वो फोन-वोन पर नहीं समझेगी, कि वह हमको देखेगी तभी मानेगी, कि कितना प्यार करते हैं हम उससे, कि ये उनकी ज़िन्दगी का सवाल है, कि वह अगर नहीं गए तो मर जायेंगे, बस।

लेकिन एकेडमी के चल रहे ट्रेनिंग सत्र के बीच में यूँ जाना तो लगभग असम्भव ही था, जब तक कि कोई ठोस वज़ह न हो और ठोस वज़हों में बस माता-पिता-भाई-बहन की मृत्यु या फिर ख़ास अपनी बहन या अपने भाई की शादी जैसी वज़हें शामिल थीं, नियमानुसार।

विकट समस्या थी, जिसका कोई समाधान नज़र नहीं आ रहा था। गौरव बिष्ट ने निर्णय लिया कि समाधान के लिए सबसे बात करनी पड़ेगी, तभी कोई न कोई रास्ता निकल कर आएगा।

अगली रात 'लाइट्स आउट' की औपचारिक घोषणा हो जाने के बाद सैंग्रो कम्पनी के 45 के 45 दुक्की कम्पनी के सेन्ट्रल बाथरूम में चुपचाप इकट्ठा हुए। तरह-तरह की योजनाओं व संभावित समाधानों पर चर्चा हो रही थी। एक-दो कैडेट्स जोश में आकर सबके चलने की बात कर रहे थे कि सब मिलकर चुपचाप चलते हैं पटना और लड़की को उठा कर ले आएंगे। सब मिलकर भागेंगे एकेडमी से तो सज़ा भी कम मिलेगी।

जोश में होश की बातें अपना सिरा खो दे रही थीं। तभी उन सरगोशियों के शोर ने औचक निरीक्षण पर निकले कम्पनी के थर्ड टर्म के एक सीनियर कैडेट का ध्यान आकर्षित किया और फिर तो जैसे क़यामत ही आ गयी।

इतनी रात गए कम्पनी के तमाम दुक्कियों को बाथरूम में यूँ गोष्ठी जमाये देख, सीनियर का माथा ठनका। जवाबतलबी के दौरान जेंटलमैन कैडेट गौरव बिष्ट ने सारी कहानी सच-सच बता दी।

पल भर पहले ग़ुस्से से उफ़नता वो सीनियर कैडेट अब ख़ुद ही उस विमर्श का हिस्सा हो गया था, आशिक़-का-जनाज़ा-ज़रा-धूम-से-निकले की तर्ज़ पर।

रात अपने तीसरे पहर पर पहुँची थी, जब आख़िरकार एक कार्यान्वित किये जा सकने वाले समाधान पर सब एकमत हुए।

एक कैडेट भाग कर अपने केबिन से कैलेंडर लेकर आ गया था। बाथरूम के फ़र्श पर अब साल 2018 के मार्च महीने का कैलेंडर खुला पड़ा था, जिसके इर्द-गिर्द सीनियर कैडेट की अगुवाई में सारे दुक्की एक समाधान पर पहुँच रहे थे।

उस समाधान का लब्बो-लुआब ये था कि ठीक तीन दिन बाद महावीर जयंती की छुट्टी थी, जोकि बृहस्पतिवार को पड़ रही थी। ठीक उसके अगले दिन गुड-फ्राइडे की छुट्टी। उसके बाद शनिवार और रविवार। शनिवार को सुबह में ड्रिल या पीटी परेड नहीं होने से और 'हाफ़-डे' होने से, उस दिन को भी संभाला जा सकता है। यानी कि दो दिन बाद आने वाले बुधवार को समर प्रताप सिंह चुपचाप दोपहर की परेड के बाद निकल सकते थे और रविवार की रात तक राह से भटकी हुई अपनी महबूबा को मनाकर वापस लौट सकते थे।

मुसीबत यह थी कि इन तीन-चार दिनों के दौरान अगर किसी ऑफ़िसर ने आकर कम्पनी के कैडेट्स का 'फ़ॉल-इन' करा कर 'काउंट-अप' ले लिया, तो फिर क़यामत आ जानी थी।

उसका उपाय भी विकल्प के तौर पर उपलब्ध था उस थर्ड टर्मर कैडेट के पास, लेकिन उस विकल्प को अमली जामा पहनाने का मतलब कम्पनी के बाक़ी सारे तिक्कियों को भी इस साज़िश में शामिल करना।

दरअसल, सीनियर कैडेट की सूचना के अनुसार कम्पनी का एक तिक्की, जोकि यहीं देहरादून का ही रहने वाला था, इस मार्च महीने के आख़िर में पड़ने वाली लगातार दो दिनों की छुट्टियों का फ़ायदा उठाकर और अपने ऑफ़िसर इंचार्ज को पटाकर तीन दिन के लिए 'आउट-पास' जा रहा था। स्थानीय कैडेट्स को एक से दो रात तक का आउट-पास दिया जाना एकेडमी के नियम-क़ायदे में शामिल था। समर प्रताप सिंह के गायब होने के बाद यदि इन दो-तीन रातों में किसी ऑफ़िसर द्वारा 'काउंट-अप' लिया जाता है तो उस ऑफ़िसर के सामने सैंग्रो कम्पनी में रहने वाले कुल 120 कैडेट्स में से बस 119 की ही गिनती तो दिखानी है कि एक कैडेट को तो अधिकृत तौर पर 'आउट-पास' पर होना था। ऑफ़िसर को कहाँ कम्पनी के सभी कैडेट्स का चेहरा याद रहता है।

यानी कि उस 'आउट-पास' जाने वाले तिक्की को राज़ी करना होगा कि वो 28, 29 और 30 मार्च की रातों को यहीं कम्पनी में उपस्थित रहे ताकि किसी ऑफ़िसर द्वारा बुलाये गए 'फ़ॉल-इन' के दौरान 'काउंट-अप' लिए जाने की स्थिति में कम्पनी के सारे उपस्थित कैडेट्स की कुल गिनती पूरी रह सके।

मुहब्बत का जाने कैसा तो जादू था कि देर रात आयोजित उस साज़िश को अपने मुकाम तक ले जाने के लिए अगले दिन सैंग्रो कम्पनी के सारे दुक्की और तिक्की तैयार हो गए थे। बस कम्पनी में नए-नए आये 30 इक्कियों को इस साज़िश से परे रखा गया था कि उन्हें बताने का कोई मतलब ही नहीं था।

सैन्ग्रो कम्पनी के 90 के 90 दुक्कियों और तिक्कियों का पूरा का पूरा करिअर अभी शुरू होने से पहले ही दाँव पर लग गया था।

“90 जोड़ी होंठों को बस ख़ामोश रहना है और किसी का कुछ भी नहीं बिगड़ेगा। एक मुहब्बत को उसके अंजाम तक पहुँचाने का पुण्य अलग से मिलेगा यारों।”

कम्पनी के प्रांगण में खड़े होकर सबने इन शब्दों को दोहराते हुए बाक़ायदा शपथ ली।

समर साब बस यंत्रचालित से किसी मशीन की तरह चुपचाप इस पूरे षड़यंत्र में चलायमान थे और कम्पनी के सारे जेंटलमैन कैडेट्स के इस बेमिसाल और बेशर्त सहयोग पर अपनी किस्मत को धन्यवाद दे रहे थे।

सारे दुक्कियों और तिक्कियों ने अपनी-अपनी क्षमता के हिसाब से पैसे जुटाए और 28 मार्च की दोपहर का देहरादून से दिल्ली और दिल्ली से पटना जाने की फ्लाईट और एक अप्रैल को वापसी का टिकट ले लिया गया।

बुधवार की दोपहर जब कम्पनी के दो थर्ड टर्मर्स जेंटलमैन कैडेट समर प्रताप सिंह को छुपा कर चोर रास्ते से एकेडमी कैम्पस से बाहर छोड़ने ले जा रहे थे... शेष दुक्कियों-तिक्कियों ने “हूsss याsss” और “गेट द गर्ल” के युद्धघोष के साथ उन्हें विदा किया था।

मेरी जान उदास है
होठों पे प्यास है

सब कुछ बिल्कुल तयशुदा योजना के हिसाब से ही हुआ, बिना किसी व्यवधान के।

समर प्रताप सिंह को लेकर देहरादून से दिल्ली और दिल्ली से उड़ी जेट एयरवेज़ की फ़्लाइट पटना के जय प्रकाश नारायण हवाई-अड्डे पर ठीक साढ़े नौ बजे रात को पहुँच गयी थी। पटना क़दम रखते ही देहरादून की सर्द हवाओं के विपरीत अपेक्षाकृत गर्म हवा के झोंकों ने समर साब को एक झटके में वास्तविकता से रूबरू करवाया...

आ तो गए हैं वो,

करेंगे क्या?

क्या कहेंगे शगुन से?

कैसे मनाएंगे उसको?

क्या वो मान जायेगी?

... वगैरह-वगैरह की समस्त दुश्चिंताओं के सर्प अपना फन उठाये उन्हें डसने लगे थे। घबराकर एक बार तो उनका मन किया कि वो वापस लौट जायें, लेकिन फिर सैंग्रो कम्पनी की वो बेमिसाल और बेशर्त मुहब्बत याद आयी तो अपनी इस मुहब्बत को फ़तह करने दृढ़ क़दमों से निकल पड़े वो पटना साइंस कॉलेज के कैम्पस की तरफ़।

हवा में थोड़ी ठंडक थी। पहले तो कुछ देर निरुद्देश्य से घूमते रहे अशोक राजपथ पर, कॉलेज के आस-पास ही है। आधी रात के बाद ही गर्ल्स हॉस्टल में घुसना सुरक्षित था। तब सारी लड़कियाँ सो चुकी होंगी और फ़र्स्ट फ़्लोर के शगुन सिन्हा के कमरे तक आराम से जाया जा सकता था। बस द्वार के चौकीदार को चकमा देना था, जोकि कोई बड़ी बात नहीं थी।

एकेडमी के लगभग नौ महीने के कठिन प्रशिक्षण के बाद, हॉस्टल के मुख्य द्वार से थोड़ी दूर हटकर दस फ़ीट की ऊँची दीवार को फाँदना समर प्रताप सिंह के लिए, वैसे भी कोई बड़ा काम नहीं था।

चाँद का कहीं नामोनिशान न था और स्याह काले आसमान पर चमकते सितारे समर प्रताप सिंह को देखकर जैसे मुस्कुरा रहे थे।

वह आधी रात से लगभग 15 मिनट ऊपर का समय रहा होगा, जब सनर साब गर्ल्स हॉस्टल के चौकीदार की नज़रों से छुपकर दीवार फांद रहे थे। सीढ़ियों पर संभल-संभलकर रखते क़दमों से तो कोई आवाज़ नहीं आ रही थी। हाँ, समर साब को लग रहा था कि इतनी ज़ोर से धुक-धुक करती उनकी धड़कनों का शोर सुनकर कहीं कोई लड़की अपने कमरे से बाहर न निकल आए।

सब कुछ नि:स्तब्ध-सा था, जब उन्होंने शगुन सिन्हा के कमरे के दरवाज़े पर आहिस्ते से दस्तक दी।

दरवाज़े के नीचे से आ रही मद्धम-सी रौशनी गवाही दे रही थी कि शगुन अभी जगी हुई थी। दस्तक के तुरंत बाद ही अन्दर से आयी "रुक आती हूँ" की आवाज़ ने उस मद्धम-सी रौशनी की गवाही की तस्दीक की।

शगुन ने तो दरवाज़ा अपनी किसी सहेली के होने का अंदाज़ा लगाते हुए खोला था, लेकिन सामने समर प्रताप सिंह को देखकर भौंचक सी रह गयी।

उसे चुप रहने का इशारा कर, समर प्रताप सिंह फुर्ती से कमरे में घुसे और दरवाज़ा बंद कर लिया।

"माय गॉड, समर तुम? हाऊ, कैसे? यहाँ कैसे आ गए? कर क्या रहे हो तुम? कोई देख लेगा तो?" शगुन विस्फारित आँखों से उसे घूरती हुई बोले जा रही थी।

"ओ शगुन... हमसे रहा ही नहीं गया, जब तुम्हारी शादी की ख़बर देखी फ़ेसबुक पर। एकेडमी से भाग कर आ रहे हैं, तुम्हारे लिए, बस तुम्हारे ही लिए शगुन। तुम जानती हो न, जानती हो न तुम?" समर प्रताप सिंह की आवाज़ लगभग हिचकियों में घुल गयी थी।

"क्या जानती हूँ मैं, समर? क्या कह रहे हो तुम? हाँ मेरी शादी हो रही है आदित्य से, तो?"

"हम तुमसे प्यार करते हैं शगुन, बहुत प्यार करते हैं यार। पहले दिन से, तुम जानती तो हो। तुम भी तो करती हो हमसे प्यार, तुम्हारे लिए ही आर्मी ज्वाइन किये हैं, बस तुम्हारे लिए शगुन। देखो कैसे भागते हुए आये हैं, तुम्हारे लिए। तुम चलो हमारे घर अभी। माँ-पापा सब मान जायेंगे।" समर प्रताप सिंह ऐसे बिलख रहे थे कि कोई फ़रिश्ता भी पिघल जाता।

"व्हाट? आर यू क्रेज़ी? मैंने कब तुमसे, कब तुमसे ऐसा कुछ कहा समर। सबको पता था कि मेरी शादी आदित्य से होने वाली है। स्टॉप एक्टिंग लाइक अ क्रेज़ी फ़ूल, जाओ तुम यहाँ से, कोई आ जाएगा तो ठीक नहीं होगा," लेकिन शगुन सिन्हा को अपने फ़रिश्ता होने का कोई मुगालता नहीं था।

"ये क्या कह रही हो शगुन तुम? हम मरते हैं तुम पर, हम नहीं रह सकते हैं तुम्हारे बिना। मर जायेंगे हम यार। चलो न हमारे साथ, हम सच में मर जायेंगे यार तुम्हारे बिना।" समर प्रताप सिंह घुटनों पर बैठ गए थे और हाथ जोड़कर भीख माँगने की मुद्रा में आ गए थे।

"व्हाट आर यू डूइंग? तुम पागल हो गए हो समर। मैंने कभी तुमसे कोई प्यार-व्यार नहीं किया। तुम अपने मन से कुछ भी सोचने लगे, दैट्स नॉट माय फॉल्ट। जस्ट गो अवे, वरना मैं शोर मचा दूँगी अभी।" शगुन सिन्हा इस वक़्त जैसे पत्थर को भी पत्थर होने में मात दे रही थी।

"तो वो सब क्या था शगुन, वो सब कुछ? वो तुम्हारा हँसना हमको देखकर, इतने प्यार से बात करना, वो... वो गले लगाना... वो फेसबुक पर टैग करना? क्या था वो सब कुछ शगुन? प्लीज़ ऐसे मत करो यार, चलो हमारे साथ। हम मर जायेंगे तुम्हारे बिना।"

"यू स्टुपिड, इडियट! क्या था कुछ? कहाँ? फ़ेसबुक पर टैग? आर यू मैड, फ्रैंडशिप भी कुछ होती है कि नहीं और मैंने कब गले लगा लिया तुमको? पागल हो गए हो तुम क्या?" शगुन सिन्हा अब गुस्से से उबल रही थी।

"क्या कह रही हो शगुन तुम? ऐसे कैसे झूठ बोल सकती हो यार?" समर प्रताप सिंह की आँखें हैरत से आंसुओं के साथ-साथ बाहर निकल आना चाहती थीं।

"झूठ? मैं झूठ बोल रही हूँ? यू गेट लॉस्ट, जस्ट... निकलो अभी तुम बाहर, गेट आउट! जस्ट गेट द हेल आउट ऑफ़ माय रूम।"

"मतलब हम तुम्हारे लिए फ़ेसबुक के बस एक हैशटैग भर थे क्या? तुम उस फटीचर आदित्य वर्मा के लिए हमको, हमारे प्यार को इस तरह बेइज्जत करोगी। कभी सोचे भी नहीं थे ये हम," और समर साब तो अब फूट-फूटकर रो पड़े थे, "तुम्हारे लिए जाने क्या-क्या नहीं बर्दाश्त किये हम। वह जोकर आदित्य वर्मा, उससे मार तक खाए फिर भी चुप रहे हम। आज चाहें तो हम उसको अभी के अभी मसल सकते हैं।"

"व्हाट, व्हाट डिड यू से? क्या कहा तुमने समर, मसल दोगे तुम आदित्य को? फटीचर, जोकर, आदित्य वर्मा? हाऊ डेयर यू? तुम क्या सोच रहे हो कि आर्मी का यूनीफ़ॉर्म पहन लिए हो तो बहुत बड़े हो गए हो, औकात है कुछ तुम्हारी आदित्य के सामने? तुम जैसे टुच्चे सेकंड लेफ़्टिनेंट दसियों घूमते हैं उसके सामने।"

वहीं... बस वहीं... 'लेफ़्टिनेंट' लफ़्ज़ से ठीक पहले आने वाले दो विशेषणों, 'टुच्चे' और 'सेकंड' पर एकदम से कुछ बूम-सा धमाका हुआ था समर प्रताप सिंह के दिलो-दिमाग पर।

कोई ज्वालामुखी-सा जैसे फटा हो, जो जाने कितने हज़ार सालों से सुप्तावस्था में छुपा हुआ पड़ा था।

इतने सालों का, जाने कितने सालों का पलता हुआ गुस्सा एकदम से हुमकता हुआ उमड़ पड़ा था।

फिर उसके बाद जो कुछ भी हुआ, वह सब जैसे अनायास ही किसी अनियंत्रित हो चुके स्वचालित रोबोट-सा हुआ।

वहीं स्टडी टेबल पर दो-तीन सेबों के साथ रखा हुआ फलों वाला चाक़ू पड़ा था। उसे उठाकर समर प्रताप सिंह, शगुन सिन्हा की तरफ़ बढ़े।

"यू बिच, डोंट यू नो दिस मच, दैट देयर इज़ नो रैंक ऑफ़ सेकंड लेफ़्टिनेंट इन इंडियन आर्मी, एनी मोर!"

फ़च्चsss...

चाक़ू की लंबी नोक ऊपर की परत को बेरोक चीरती हुई जब अंदर घुसी तो एक अजीब-सी आवाज़ के साथ भीतर की भरी हवा की मुलाक़ात बाहर की हवा के साथ हुई। उस मुलाक़ात के अगले पल एक रुके हुये लम्हे तक के लिए शगुन के खुले-खुले मुँह से निकली चीख़ दर्द से ज़्यादा लिपटी थी या हैरानी से, यह बताना मुश्किल था।

चीख़ अपने मुक़ाम तक पहुँची भी नहीं थी कि समर प्रताप सिंह ने अपने होठों को शगुन सिन्हा के खुले होठों पर रख दिया।

काइनात के वजूद में आने के बाद अबतक की मानव सभ्यता का यह सबसे अनूठा चुंबन था।

चुम्बन के दरमियान चाक़ू थोड़ा-सा और पैबस्त हुआ पेट की गहराइयों में और धँसा रह गया पूरा-का-पूरा। चीख़ने को आतुर होठों को अपने होठों की गिरफ़्त से आज़ाद करते हुये समर प्रताप सिंह ने शगुन सिन्हा के जिस्म को हौले-से धक्का दिया। क़ालीन-बिछे फ़र्श के साथ लगभग नब्बे डिग्री का कोण बनाते हुये शगुन का जिस्म धीमी गति में अस्सी से साठ और फिर तीस डिग्री पर झुकते हुये क्षण भर बाद नीचे गिरा हुआ था।

एक नज़र... बस एक अजीब-सी नज़र भर देखकर समर प्रताप सिंह जा चुके थे, उस पीली दीवारों वाले गर्ल्स-हॉस्टल से बाहर।

चीख़ फिर भी नहीं निकल पायी थी अब तक। दर्द था कि नहीं और था तो कितना, यह बता पाना मुश्किल था... हाँ, हैरानी के बाद वाली हैरानी-सी कुछ ज़रूर मंडरा रही थी उस कमरे में। इसके अलावा छोटे से चटक नीले रंग के क़ालीन पर बस थी तो शगुन सिन्हा की छटपटाहट या फिर ऊपर मटमैली पीली छत से उल्टे लटके हौले-हौले घूमते पंखे को ताकती धुंधलाती

बंद होती उसकी आँखों में प्रकाश की गति से भी तेज़ रफ़्तार में भागती हुई विगत ज़िंदगी का कोई एक दृश्य।

उधर हॉस्टल के उस कमरे की छटपटाहट से अनजान समर प्रताप सिंह को कुछ भी याद नहीं कि उसके बाद क्या हुआ। पटना साइंस कॉलेज के कैम्पस से निकलकर कब वो वापस एयरपोर्ट पहुँचे। कैसे वहीं एयरपोर्ट पर वापसी के टिकट को दो दिन पहले का कराकर वो नशे की हालत में वहीं सोते रहे और कब वो अगले दिन ही वापस पहुँच गए एकेडमी।

उन्हें कुछ भी याद नहीं!

एकेडमी में सबके सवालों का जवाब टालते हुए बस इतना ही कहा कि वो नहीं मानी और अब उसे भूल जाना ही बेहतर है।

दूसरे टर्म की ट्रेनिंग जारी थी और समर साब ट्रेनिंग के समस्त हिस्सों से किसी प्रेतबाधित इन्सान-से बस चुपचाप गुज़रते जा रहे थे।

एक विराट-सी ख़ामोशी समर प्रताप सिंह के पूरे वजूद को जैसे अपनी गिरफ़्त में ले चुकी थी।

अप्रैल का महीना भी ख़त्म हो चुका था। वो मई के पहले हफ़्ते का कोई दिन था जब जेंटलमैन कैडेट समर प्रताप सिंह के लिए बुलावा आया था ऑफ़िसर इन्चार्ज के ऑफ़िस से। ऑफ़िस पहुँचते ही उन्हें ज़बरदस्त फटकार पड़ी थी। ऑफ़िसर इन्चार्ज के अनुसार समर साब के पिता का कॉल आया था कि समर ने एक महीने से घर फोन नहीं किया था और घर में सब चिंतित और परेशान थे। उन्हें आदेश मिला कि अभी के अभी जाकर घर फोन करे।

तनिक घबराये से समर साब ने पहले मुनमुन को फोन किया।

"कहाँ हो ब्रो? हद करते हो तुम, इतने दिनों से फोन क्यों नहीं कर रहे थे तुम? हम सब कितना परेशान हो गए थे।" मुनमुन की शिकायतों ने थोड़ी-सी तसल्ली दी समर साब को कि वो किसी और अंदेशे से डरे हुए थे।

"बस ऐसे ही मुनमुन, बहुत बिज़ी थे। तुम लोग कैसे हो? सब ठीक है न घर में?"

"हाँ सब ठीक है ब्रो। माँ और पापा से भी बात कर लेना और जानते हो, तुम्हारे कॉलेज में एक कांड हो गया था!"

"कांड...क्या कांड?" समर साब चौंके।

"तुम्हारी ही बैचमेट होगी वह। कोई लड़की थी शगुन सिन्हा नाम की। हॉस्टल में घुसकर किसी ने उसको चाक़ू मार दिया था। बच गयी। ज़्यादा नहीं लगा था उसको।"

"ओह थैंक गॉड! चाक़ू किसने मारी, कुछ पता चला कि नहीं?" शगुन के ठीक होने की ख़बर पाकर थोड़ा निश्चिन्त से होते हुए समर साब ने और टोह लेने के लिए पूछा।

"नहीं ब्रो, कुछ नहीं पता लगा। लड़की ने पुलिस को बताया कि वह बदमाश का चेहरा नहीं देख पायी थी। कैसे हालात हो गये हैं यार अपने पटना के। गुन्डागर्दी तो अब खुले आम होने लगी है।" मुनमुन बोले जा रही थी, लेकिन समर साब तो किसी और ही दुनिया में खो गए थे। यह बात सुनकर कि शगुन सिन्हा ने पुलिस को उनका नाम नहीं बताया।

"अरे कहाँ गुम हो गए? मैं बकबक किये जा रही हूँ तब से।"

"ओह सॉरी सॉरी मुनिया, हाँ ये बता न वह लड़की अब कैसी है?"

"अरे वो एकदम ठीक है अब। फल काटने वाले चाक़ू से मारा था गुंडे ने तो ज्यादा नुक़सान हुआ नहीं उस लड़की का। शायद अगले महीने उसकी शादी भी हो रही है। पता है, अपने ही कंकड़बाग़ की रहने वाली है। तुम तो जानते होगे न उसको?"

"हाँ यार, एक शगुन सिन्हा थी तो मेरे बैच में।" समर साब ने बस इतना ही कहा जवाब में।

फोन कर-करा के जब वापस लौटे तो समर प्रताप सिंह थोड़े सामान्य से हो गए थे।

यह बात सुनकर कि शगुन सकुशल थी, जहाँ उन्हें सुकून पहुँचा रही थी। वहीं उसकी शादी वाली बात उनके अपराधबोध को कम कर रही थी।

लेकिन शगुन द्वारा पुलिस को उनका नाम न बताने वाली बात समर साब के दिल और दिमाग दोनों की ऐसी-तैसी कर रही थी।

"आख़िर क्यों नहीं बताया शगुन ने पुलिस को? वह शायद कहीं न कहीं उनसे प्यार तो करती है।"

समर प्रताप सिंह की सुई अभी भी उधर ही अटकी हुई थी।

दिन बीतते गए और इसी सब उहापोह के बीच जून का दूसरा शनिवार आ गया था। इंडियन मिलीट्री एकेडमी के तिक्कियों का पासिंग आउट परेड। सारे तिक्की पास आउट होकर ऑफ़िसर बन रहे थे। समर प्रताप सिंह का बैच दुक्की से तिक्की बनने वाला था, टर्म-ब्रेक के बाद। लेकिन इस बार टर्म-ब्रेक में समर साब ने पटना का रुख़ करने की बजाय गौरव बिष्ट के साथ छुट्टी बिताने का फैसला किया था। उसके गाँव में, पिथौरागढ़ की पहाड़ियों पर।

पासिंग आउट परेड के ठीक छह दिन बाद ही तो वो क़यामत का दिन था, जिसके बारे में सोचकर ही समर प्रताप सिंह के पूरे वजूद में कंपकंपी दौड़ जाती थी।

समर प्रताप सिंह का वश चलता तो आने वाले 15 जून की तारीख़ को दुनिया भर के कैलेंडर से मिटा देते।

काश कि कैलेंडर को फाड़ देने से दुनिया की तारीख़ें मिट जातीं तो दुनिया कितनी आसान हो जाती रहने के लिए...!

"तूने बतायी नहीं पूरी बात समर कि एक्चुअली में हुआ क्या जब तू पटना गया था शगुन से मिलने?" वह जून की हल्की-सी ठिठुरती रात थी, पिथौरागढ़ की पहाड़ियों पर, अपने घर की छत पर सिगड़ी में आग जलाकर ओल्ड मौंक का घूंट भरते हुए गौरव बिष्ट ने समर प्रताप सिंह से पूछा।

"पता नहीं क्या हुआ गौरव। हमको भी नहीं पता। सच तो ये है कि हमको कुछ नहीं पता। हमको तो लग ही नहीं रहा कि हम हैं भी या नहीं हैं अब?" अपने दोनों हाथों के बीच रम के ग्लास को कसकर पकड़े हुए समर प्रताप सिंह ने दूर अँधेरे क्षितिज में घूरते हुए कहा।

"देख बे, ये अपनी पोयट्री रहने दे तू! आई हैव टोलरेटेड ईनफ ऑफ़ योर सायलेंस, सिंस लास्ट टू एंड हाफ़ मंथ्स। नो मोर नाऊ! चुपचाप बता पूरी बात जल्दी से।" गौरव ने झुंझलाते हुए कहा।

"क्या बतायें यार! आई हैव लॉस्ट माइ सोल, माइ कम्प्लीट एग्जिस्टेंस। दैट ब्लडी बिच ह्यूमिलियेटेड माइ लव एंड शी ब्रोक मी कम्प्लीटली। करोड़ों टुकड़ों में तोड़ कर रख दिया उसने हमारे पूरे वजूद को गौरव।" समर प्रताप सिंह किसी छोटे बच्चे से बिलख पड़े।

पटना साइंस कॉलेज की उस रात के बाद से लगभग ढाई महीने तक जब्त रहा सब्र का सैलाब किनारों को तोड़कर पिथौरागढ़ के पहाड़ों को भी डुबोने पर उतारू था।

"यू आर अ सोल्जर समर, ऐसे कैसे कोई लड़की तुझे तोड़ सकती है बे। रोना बंद कर और मेरी बात सुन! हज़ारों लड़कियाँ आयेंगी अभी तो रास्ते में, यू विल फ़ाइंड अ मच बेटर मैच दैन दैट स्टुपिड गर्ल।"

"आई हेट गर्ल्स नाऊ! दुनिया की सारी लड़कियों से नफ़रत हो गयी है हमको गौरव। दे ओनली नो हाऊ टू प्ले विद आवर फ़ीलिंग्स। ये लड़कियाँ बस हमारी फ़ीलिंग्स से खेलना जानती हैं। आई स्टैब्ड हर गौरव, आई ट्रायड टू किल हर दैट डे इन पटना," समर साब ने एक झोंक में उगल दिया।

"व्हाट? क्या बोल रहा है तू बे समर?" गौरव बिष्ट लगभग उछल ही पड़ा था अपने मचिये से।

"सच कह रहा हूँ, गौरव। उसके रूम में गए थे हम और उसका घटिया जवाब सुनकर जाने हमको क्या हो गया था एकदम से। इतना गुस्सा आया कि जैसे फट गए थे हम। हम... हम उसको चाकू मार दिए।" समर प्रताप सिंह की आवाज़ जैसे किसी गहरे कुएँ से आ रही थी।

"व्हाट द फ़क समर! फिर? फिर क्या हुआ?"

"पता नहीं! ठीक है वह। ये पता चला बाद में हमको, फ्रूट काटने वाला चाकू था। क्या होना था, शी इज़ ऑलराईट! शी इज ओके और शादी भी कर रही हैं चार दिन बाद।"

"तू चूतिया है, ये तो पता था साले मुझे, लेकिन इतना बड़ा है, ये नहीं पता था। व्हाट अबाउट पुलिस? डिड शी नॉट फ़ाईल एनी केस?"

"यही बात तो हमको हैरान कर रही है यार। उसने पुलिस को हमारा नाम तक नहीं बताया।"

"हम्म... तो इसलिए तू पटना नहीं गया इस बार टर्म-ब्रेक में? वैसे अच्छा ही किया कि नहीं गया। मेरे साथ रहेगा पूरे टाइम तो तुझे वापस पुराना वाला समर बना दूँगा। यू बास्टर्ड, आई कांट इवेन इमैजिन कि तू ऐसा कुछ कर सकता है।" गौरव बिष्ट ने हैरानी में सिर हिलाते हुए कहा।

"हमको ख़ुद ही कहाँ पता था कि हम ऐसा भी कुछ कर सकते हैं। हमको बोली तुम टुच्चे सेकंड लेफ़्टिनेंट हो। बस, जैसे कोई वोल्केनो था चुपचाप बैठा हुआ हमारी छाती में, जो ये सुनकर एकदम से फट गया। वहीं टेबल पर चाक़ू पड़ा था। हम घोंप दिए उसके पेट में। दिन-रात, हर पल हमारे जेहन में उस चाक़ू घुसाने की आवाज़, वह फ़च्च सा कुछ बजता रहता है साला। हमारी ज़िंदगी बर्बाद कर दी उसने।" समर साब खोई-खोई आँखों से दूर देखते हुए बोले जा रहे थे।

"समझ सकता हूँ बे! अब जो हो गया सो हो गया। अच्छी बात ये है कि किसी को पता नहीं। आफ्टर सिक्स मंथ्स, वी आर गोइंग टू बी द कमीशंड ऑफ़िसर्स ऑफ़ द इंडियन आर्मी। किसी को पता चलता ये स्कैंडल तो तेरा करियर फ़ौज में शुरू होने से पहले ही गया था काम से, दिस क्रेज़ी स्टुपिड थिंग कॉल्ड लव, जो न करवाए, एक अच्छे-भले आदमी से।" गौरव बिष्ट लगातार देर तक बोलता ही रहा था।

देखते ही देखते चार हफ़्ते का टर्म-ब्रेक भी ख़त्म हो गया और दोनों वापस देहरादून आ गये। तीसरा और आख़िरी टर्म शुरू हो चुका था।

#

ऐसी नज़र से देखा उस ज़ालिम ने चौक पर

इंडियन मिलिट्री एकेडमी में समर प्रताप सिंह के बैच की ट्रेनिंग का आख़िरी सत्र निर्बाध गति से चल रहा था। बदले-बदले से समर साब निपट ख़ामोशी से ट्रेनिंग की तमाम औपचारिकताओं को पूरा करते जा रहे थे। तिक्की तो बन गए थे, लेकिन कपंनी सार्जेंट मेजर के लिए उनका नाम अनुमोदित नहीं किया गया। अपने बैच में अभी मेरिट में कुछ नीचे थे।

हालाँकि अब इसका उन्हें कोई मलाल भी नहीं था।

जैसे वह किसी बीती सदी की बात हो जब समर प्रताप सिंह हिमांशु श्रीवास्तव की तरह सैंग्रो कम्पनी के कम्पनी सार्जेंट मेजर बनना चाहते थे। अब तो वह बस इस एकेडमी से पास-आउट हो जाना चाहते थे। उनके मन के किसी अंतहीन कोने में इंडियन मिलेट्री एकेडमी के लिए गुस्सा-सा भर गया था। उनको लगता था कि न वह यहाँ आते और न उनकी शगुन उनसे दूर जाती।

लेकिन होनी को कौन टाल सका है?

फिलहाल वह कुछ ज़्यादा दौड़ रहे थे। कुछ ज़्यादा भाग रहे थे। कुछ ज़्यादा पढ़ रहे थे। कुछ ज़्यादा लिख रहे थे। कुछ ज़्यादा समय दे रहे थे, सेना के विभिन्न आयामों को समझने में। कुछ ज़्यादा वक़्त बिता रहे थे हर तरह के राइफल्स और मशीन-गन्स के साथ।

कुछ इतना ज़्यादा कि सुबह से लेकर देर रात तक उन्हें किसी और चीज़ की सुध ही नहीं रहती।

थकान से पस्त होकर बिस्तर पर निढ़ाल गिरते इस उम्मीद में कि नींद तुरंत अपने आगोश में ले लेगी। लेकिन नींद थी कि कमबख़्त किसी नगाड़े की तरह बजते फ़च्च-फ़च्च की धुन पर दूर थिरकती रहती। हाँ, इतना ज़रूर हो रहा था कि इस ज़्यादा-ज़्यादा के फेरे में समर प्रताप सिंह और निखर रहे थे, और संवर रहे थे, और मँज रहे थे, और तप रहे थे, और सख़्त हो रहे थे, साथ ही और कमबख़्त भी।

आख़िरी सत्र के छह महीने इन्हीं और ज्यादा-ज़्यादा में कब बीत गए, उन्हें आभास भी नहीं हुआ। पासिंग-आउट परेड के भव्य प्रदर्शन के लिए पटना से ठाकुर सुदर्शन प्रताप सिंह सपरिवार पधारे थे।

चेटवुड परेड-ग्राउंड के उस विख्यात "अंतिम पग" वाले निशान से "ओल्ड लैंग सायन" की धुन पर धीमी गति से गुज़रते हुए जेंटलमैन कैडेट समर प्रताप सिंह, जो अब क्षण भर बाद लेफ़्टिनेंट समर प्रताप सिंह कहलाने वाले थे, जाने क्यों उल्लास और उत्साह से परे एक अपरिभाषित-सी उदासी से लिपटे हुए थे।

बेटे के कंधों पर दो सितारे सजाते हुए ठाकुर सुदर्शन प्रताप की मुस्कुराती तस्वीर अगले दिन प्रमुखता से सभी अख़बारों में छपी थी।

लेफ़्टिनेंट समर प्रताप सिंह को भारतीय सेना की पैरा कमांडो वाली बटालियन मिली थी और उनकी पहली नियुक्ति कश्मीर के बारामुला शहर में हुई थी।

उससे पहले उन्हें कमांडो ट्रेनिंग के तीन महीने वाले कठिनतम 'प्रोबेशन' से गुज़रना था। लेकिन उसमें अभी थोड़ी देर थी।

जॉइनिंग से पहले मिलने वाले 21 दिन के अवकाश का विकराल समय लेफ़्टिनेंट समर प्रताप सिंह के सामने मुँह बाये खड़ा था।

वह इस अवकाश में पटना नहीं जाना चाहते थे। हालाँकि ठाकुर सुदर्शन प्रताप सिंह और श्रीमती कुमकुम सिंह के मनुहार और इसरार के आगे समर साब के इस "न चाहने" की एक न चली और ये 21 दिन उन्हें पटना में ही बिताने पड़े।

अवकाश के दूसरे ही दिन की शाम थी, जब लेफ़्टिनेंट समर प्रताप सिंह शगुन सिन्हा के ससुराल वाले घर की सड़क पर निकल पड़े थे। बस इसी विवशता की ख़ातिर वह पटना आने से परहेज कर रहे थे।

लेकिन नियति पर किसी का वश चला है क्या?

सीने की अनन्त गहराइयों में कहीं चीख़ें भरता हुआ दिल एक नज़र, बस एक नज़र देख लेना चाहता था शगुन को।

कॉलेज के पुराने दोस्तों से पता चला था कि शादी के बाद शगुन और आदित्य सिंगापुर गए हुए थे, हनीमून के लिए और दो हफ़्ते पहले ही लौटे हैं।

यह सुनकर समर साब के सीने में कैसी तो टीस उठी थी।

शगुन के ससुराल वाले घर की सड़क पर टोह की वह तीसरी शाम थी। जब पान की दुकान पर खड़े सिगरेट पीते समर प्रताप सिंह ने शगुन सिन्हा या अब शगुन वर्मा को देखा था।

बहुत भीतर कहीं कुछ धक से हुआ।

होंडा सिटी कार की पिछली सीट पर आदित्य वर्मा के साथ बैठी शगुन गहरे लाल रंग की साड़ी में लिपटी हुई। ऐसा लगा जैसे वह पहले से थोड़ी ज़्यादा गोरी हो गयी थी।

सिगरेट के कश भरते हुए समर साब आगे बढ़कर थोड़ा सड़क के क़रीब चले गए थे, उसे नज़दीक से देखने के लिए।

सड़क पर रिक्शे और गाड़ियों के हुजूम में धीमी हो गयी कार ज्यों ही पास आयी, अनायास ही शगुन की निगाहें उनकी निगाहों से टकराईं।

थोड़ी सहमती हुई सी शगुन ने आदित्य वर्मा का हाथ पकड़ लिया और ज़रा-सा खिसकती हुई उससे सट कर बैठ गयी थी। अपनी निगाहें अपने पति की तरफ़ फेरती हुई।

वहीं, बस उसी लम्हे में लेफ़्टिनेंट समर प्रताप सिंह ने अधजली सिगरेट को ज़मीन पर फेंक कर उसे पैरों तले मसलते हुए कसम उठाई-

किसी रोज़ वो इस मुहब्बत की कहानी लिखेंगे और उनकी कहानी में कार में अपने पति के साथ बैठी हिरोइन कहानी के हीरो को देखकर अपने पति का हाथ नहीं पकड़ेगी।

#

और अब आगे...

समर-सिरीज़ #2

समर प्रताप सिंह जल्द ही लौटेंगे
कश्मीर की वादियों में अपने नये कारनामे के साथ ...

इन्फ़ॉर्मर

अव्वलो-आख़िरश-दरमियाँ-दरमियाँ

सबसे पहले, पहली बात से पहले की बात...

यदि आपने पूरी कहानी नहीं पढ़ी है और इस पन्ने पर आ गये हैं, तो मेरा निवेदन है कि पहले कहानी पढ़ लें फिर इस हिस्से पर आयें।

अब पहली बात...

इस कहानी में शामिल सारी घटनाएँ, सारे किरदार और संवाद काल्पनिक हैं।

कहानी में शामिल वास्तविक शहरों, जगहों और संस्थानों का ज़िक्र कहानी को आगे बढ़ाने के लिए किया गया है। कुछ सच्ची घटनाएँ जैसे कि लोकसभा या विधानसभा चुनाव, बिहार का राजनीतिक परिदृश्य, बिहार एजुकेशन बोर्ड वाला मुआमला, फ़िल्मों का रिलीज़ होना, बिहार में नशाबंदी, भारतीय सेना का सर्जिकल स्ट्राइक, वगैरह का वर्णन कहानी के कालखंड को स्थापित करने के लिए किया गया। इसका उद्देश्य किसी भी इंसान, धर्म, जाति, पार्टी, या संस्थान की छवि को ठेस पहुँचाने का कतई नहीं है। इन्हें बस कहानी के प्रवाह को बनाए रखने के लिए एक ज़रूरी अवयव के रूप में ही लिया जाना चाहिए।

और फिर बाक़ी बातें...

बहुत साल पहले कंकड़बाग़ कॉलोनी को सचमुच एशिया के सबसे बड़े मुहल्ले की फेहरिस्त में शुमार किया जाता था। अब शायद यह एशिया के

कुछ बड़े मुहल्लों में से एक है। हाँ, जनसंख्या के हिसाब से यह निश्चित रूप से एशिया का दूसरा सबसे बड़ा मुहल्ला है।

इतने बड़े मुहल्ले का बाशिंदा होने का अपना अलग ही नुकसान है। समर प्रताप सिंह को बीस साल तक मालूम ही नहीं चला कि उन्हीं के मुहल्ले के किसी कोने में शगुन सिन्हा रहती है।

पटना विश्वविद्यालय की स्थापना 1971 में हुयी थी। यह बिहार का पहला विश्वविद्यालय और देश का सातवाँ सबसे पुराना विश्वविद्यालय है। इस विश्वविद्यालय में कुल दस कॉलेज हैं, जिसमें पटना साइंस कॉलेज सबसे प्रतिष्ठित माना जाता है। इस कॉलेज की स्थापना 1927 में हुई थी। लगभग तीस एकड़ में फैला इसका कैम्पस साइंस-स्ट्रीम में ग्रेज़ुएशन और पोस्ट-ग्रेज़ुएशन के लगभग दो हज़ार विद्यार्थियों की देखभाल करता है। फ़िजिक्स के विख्यात प्रोफ़सर श्री हरीश चंद्र वर्मा, जिन्हें विद्यार्थियों की एक पूरी पीढ़ी प्यार और आदर से 'एचसीवी' बुलाती है और जिनकी लिखी न्यूमेरिकल्स की किताब जाने कितनों के लिए वैतरणी पार कराने वाली नौका बनी है, इसी कॉलेज से पढ़े हैं।

हालाँकि मुहब्बत में बौराकर ख़ुद को केमिस्ट्री लैब में झोंक देने वाले समर प्रताप सिंह का एच सी वर्मा साब से कितना लेना-देना था... यह जानना दिलचस्प हो सकता है।

इंडियन मिलिट्री एकेडमी का अस्तित्व सन 1932 में आया। देहरादून में चौदह सौ एकड़ के विशाल क्षेत्रफल में फैला हुआ इसका कैम्पस लगभग दो हज़ार जेंटलमैन कैडेट्स को प्रशिक्षण देता है। इस एकेडमी से पास-आउट होने के बाद सारे कैडेट्स भारतीय सेना के विभिन्न विभागों में लेफ़्टिनेंट के रैंक पर पदस्थापित होते हैं और फिर अपनी योग्यता के अनुसार कैप्टेन, मेजर, लेफ़्टिनेंट कर्नल, कर्नल, ब्रिगेडियर, मेजर जेनरल और लेफ़्टिनेंट जेनरल के रैंक से पदोन्नति पाते हुए सेनाध्यक्ष तक के ओहदे पर जाते हैं।

वर्ष 1997 के दिसम्बर तक इंडियन मिलिट्री एकेडमी से पास-आउट हुए कैडेट्स पहले सेकेंड लेफ़्टिनेंट के रैंक पर कमीशन होते थे। जून 1998 से सेकेंड लेफ़्टिनेंट रैंक को हटा दिया गया। यहाँ यह गौर-तलब है कि परमवीर चक्र विजेता कैप्टेन विक्रम बत्रा इसी दिसम्बर सत्तानवे बैच के कैडेट थे और यह अकिंचन लेखक भी उसी बैच का कैडेट रहा है। दिसम्बर सत्तानवे में पास-आउट हुए हम लोग भारतीय सेना के आख़िरी सेकेंड लेफ़्टिनेंट्स रहे हैं।

देखना ये है कि समर प्रताप सिंह किस रैंक तक जाते हैं।

कुछ और बातें...

पाश्चात्य संगीत का विख्यात रॉक-बैंड 'ईगल्स' का विश्व भर में एक अपना ही कल्ट है। ख़ास तौर पर उनका लिखा और कम्पोज किया हुआ गीत "होटल कैलिफ़ोर्निया" की प्रसिद्धि ने अपने रिलीज़ के बाद सारे कीर्तिमान तोड़ दिए थे। उस वक़्त के इस बैंड के सिंगर हेनली की आवाज़ का तिलिस्म सुनने वालों के सर चढ़कर बोलता था। गीत से पहले लगभग 45 सेकेंड की मंत्रमुग्ध कर देने वाली गिटार की धुन है, जिसे विख्यात गिटारिस्ट जोए वाल्श ने बजाया था। दुनिया का हर गिटार सीखने वाला अपने जीवन में एक बार उस धुन को जोए वाल्श की दक्षता के साथ बजाना चाहता है। वैसे "होटल कैलिफ़ोर्निया" के लिरिक्स के साथ कुछ विवाद भी जुड़े हुए हैं। सरसरी तौर पर सुनने में तो लिरिक्स सामान्य-सा ही प्रतीत होता है। लेकिन वर्षों से चली आ रही एक "कॉनस्पिरेशी थ्योरी" के अनुसार यह गीत "एंटी-क्राइस्ट" सोच को समर्थन देता है। ऐसा माना जाता है कि एक पूरा कल्ट-ग्रुप है दुनिया में, जो चोरी-छिपे ईसा मसीह को नकारता है और शैतान को पूजता है। इस ग्रुप में, कथित रूप से, कई नामी-गिरामी नाम शामिल हैं... जैसे कि विख्यात पेंटर लियोनार्दो द विंची, विख्यात साइंटिस्ट न्यूटन, कुछ अमेरिकन प्रेसिडेंट्स भी। किसी भी सदी के 69वें साल को शैतान का साल माना जाता है। यह माना जाता है कि इस साल में शैतान उठता है और ईसा मसीह को

नकारता है। "होटल कैलिफ़ोर्निया" के लिरिक्स में सांकेतिक रूप से एक वाइन की चर्चा करते हुए साल 1969 का ज़िक्र आता है।

समर प्रताप सिंह को जाने क्यों यह पुराना गीत इतना ज़्यादा पसंद है!

"मोने पोरे रूबी रॉय" बहुत ही मशहूर बंगाली गीत है। सचिन भौमिक द्वारा लिखा गया और राहुल देव बर्मन द्वारा संगीतबद्ध इस गीत को किशोर कुमार ने अपनी आवाज़ देकर अलौकिक बना दिया। कहते हैं कि सचिन भौमिक ने इस गीत को अपने कॉलेज के ज़माने की प्रेमिका के लिए लिखा था और बाद में प्रेमिका की पहचान छुपाने के लिए गीत में "रूबी रॉय" नाम डाल दिया था। बहुत बाद में इसी धुन पर किशोर कुमार ने राहुल देव साब के लिए फिर से फ़िल्म 'अनामिका' में "मेरी भीगी-भीगी सी पलकों" को गाया, जिसे लिखा था मजरूह सुल्तानपुरी ने और जो एक ज़माने में एकतरफ़ा मुहब्बत वालों के लिए लगभग एक एंथेम ही बन गया था।

वर्ष 2016 के बारहवीं बोर्ड-एग्जाम में बिहार की स्टेट-टॉपर का नाम "रूबी रॉय" होना महज एक संयोग है। सचिन भौमिक जी ने निश्चित रूप से यह गीत बिहार की इस रूबी रॉय के लिए नहीं लिखा था।

"औल्ड लैंग सायन" एक बहुत ही पुराना और बहुत ही लोकप्रिय गीत है, जिसका सृजन स्कॉटलैंड में हुआ। स्कॉटलैंड के मशहूर कवि रॉबर्ट बर्न्स ने इस गीत को 1788 में लिखा था, जिसका मुखड़ा वहाँ के एक लोकगीत पर आधारित था। बाद में यह गीत कुछ इस क़दर लोकप्रिय हुआ कि दुनिया भर में विदा-बेला या विदाई-समारोह का एंथेम बन गया। पूरा गीत और उसके बोल और गीत का शाब्दिक अर्थ गूगल पर आसानी से ढूँढे जा सकते हैं। गीत के बोल के साथ-साथ इस गीत की धुन भी बहुत लोकप्रिय हुई। विश्व की लगभग सभी सेनाओं ने इस धुन को अपनी-अपनी मिलेट्री ट्रेनिंग एकेडमी के पासिंग आउट परेड की आख़िरी धुन के रूप में अपना लिया। विश्व भर की लगभग सारी एकेडमीज़ में इस धुन पर धीमी गति से मार्च करते हुए कैडेट्स का दृश्य बड़ा ही विहंगम और भावुक करने वाला होता है।

इस धुन पर धीमी गति से मार्च करते हुए और इंडियन मिलिट्री एकेडमी के "अंतिम पग" से गुज़रते हुए समर प्रताप सिंह की मनोदशा का बयान शब्दों की पहुँच से परे है।

गुलज़ार द्वारा लिखा गया गीत "कजरारे-कजरारे तेरे कारे-कारे नैना" की लोकप्रीयता का तो खैर कहना ही क्या। वर्ष 2005 में जब फ़िल्म "बंटी और बबली" का यह गीत रिलीज़ हुआ था, तो एकदम से सुपर-डुपर हिट हो गया था। क्या कविताई, क्या ही धुन और तिस पर अलीशा चिनॉय की कशिश भरी आवाज़... इस गीत का जादू आज भी लोगों के सर पर चढ़कर बोलता है।

लेकिन समर प्रताप सिंह का सवाल कितना वाजिब है?

"आँखें भी कमाल करती हैं पर्सनल से सवाल करती हैं" वाला मिसरा... इतने ख़ूबसूरत गीत में एक लफ़्ज़ अंग्रेजी का। चुभता है क्या? गुलज़ार साब को पता चलेगा तो समर प्रताप सिंह की पिटाई तो नहीं होगी?

आप सब में से जिनको भी यह सवाल वाजिब लगता हो, बताइये समर प्रताप सिंह को। कहानी में उन्होंने अपना व्हाट्सएप नंबर भी दिया है शायद कहीं... शायद पटना रेलवे स्टेशन पर ऋतिका को दिया था।

बातें और-और कुछ और..

कोई भी कहानी यूँ ही नहीं बुनी जाती। लेखक का नाम बेशक बड़े-बड़े अक्षरों में चमकता हो मुख्य-पृष्ठ पर, लेकिन पार्श्व में कई लोगों की मेहनत होती है। यह कहानी भी आपके हाथों में नहीं होती, कुछ बड़े ही मोतबर और खूबसूरत लोग नहीं होते अगर साथ में।

हिन्दी कथा-साहित्य को जानने वाले जानते हैं कि मुम्बई के श्री गंगाशरण सिंह की पारखी निगाहें कितनी पैनी हैं। इस कहानी के शुरुआती ड्राफ़्ट में मौजूद तमाम वर्तनी और व्याकरण की त्रुटियों पर उनकी नज़र-ए-इनायत रही तो यह साफ़-सुथरी होकर सामने आयी है।

इस साफ़-सुथरी तस्वीर को थोड़ा और माँजने का काम किया गोरखपुर की, हिन्दी की असिस्टेंट प्रोफ़ेसर और भाषा-वैज्ञानिक, श्रीमती अपूर्वा सिंह ने। शब्दों के उच्चारण और हिन्दी व्याकरण पर उनकी पकड़ अद्भुत है।

रीवा और इंदौर पर समान रूप अपना आधिपत्य रखने वालीं घनघोर पाठिका और 'लिट-चौक' की सर्वेसर्वा श्रीमती धरा पाण्डेय की दख़लंदाज़ी इस कहानी की पैदाइश के साथ ही बराबर बनी रही। यह उनकी ही दख़लंदाज़ी की कृपा थी कि कहानी के वाक्य-विन्यास और अनुच्छेदों की संरचना अपने सरलतम और सुन्दरतम रूप में है।

परिदृश्य में इसके बाद आगमन हुआ प्रखर आलोचक श्री आशीष मिश्र का। "अनबाउंड स्क्रिप्ट" के एडिटर के अवतार में उन्होंने पूरी पाण्डुलिपि की वो मज़म्मत की है कि क्या ही कहें। सुबह, दोपहर, शाम और रात... जब-तब फ़ोन पर हड़काते रहे हमको और हमसे लड़-झगड़ कर जाने कितना कुछ संपादित करवा लिया पांडुलिपि में।

यह किताब कम-से-कम कुछ नहीं तो ढाई साल पहले आ जानी थी। हिन्दी के दो-एक प्रकाशकों के ग़ैर-पेशेवर रवैये ने विलंबित तान का ऐसा आलाप बुना कि सब्र की इन्तहा ही हो गयी थी। ऐसे में श्री अलिंद महेश्वरी ने एकदम से आकर न सिर्फ़ इस पूरे प्रोजेक्ट पर अपना भरोसा दिखाया, बल्कि मेरी तमाम झिझक और संकोच को परे धकेलते हुए मुहब्बत की बारिश से इसे सराबोर कर दिया। एक लम्बी शृंखला के लिए लिखी जा रही किताबों पर भरोसा जताना किसी भी प्रकाशक के लिए शायद आसान नहीं होगा! अलिंद ने भरोसा तो किया ही और जाने कब चुपके से बहुत अच्छे दोस्त भी बन गए।

आप सब मोहतरम और मोहतरमाओं के लिए 'शुक्रिया' तो यक़ीनन बहुत ही छोटा-सा लफ़्ज़ ठहरा, लेकिन फिर भी...

"नवाज़िश करम शुक्रिया मेहरबानी!!!"

...और सबसे आख़िर वाला शुक्रान समर प्रताप सिंह के लिए। यह किरदार इतना दिलचस्प निकला कि एक किताब में समाहित ही नहीं हो पा रहा। इस कहानी के आख़िरी दृश्य के बाद से और इन पंक्तियों के लिखे जाने तक समर साब कश्मीर में बारामुला और कुपवाड़ा के घने जंगलों और बर्फ़ीले पहाड़ों पर आतंकवादियों की तलाश में चप्पे-चप्पे की छान मार रहे हैं। पैरा-कमांडो के सख़्त प्रोबेशन को उन्होंने आसानी से पूरा कर लिया था और उसके बाद से चार-पाँच मुठभेड़ों में अपना जलवा दिखा चुके हैं। इस साल के आख़िर तक उनके कन्धों पर मेजर का रैंक भी लग जाएगा। कहानी का अगला हिस्सा जल्द ही आप लोगों के सामने होगा। तब तक समर साब से जुड़िये। वो व्हाट्सएप पर तो हैं ही...फ़ेसबुक और इन्स्टा पर भी मिल जायेंगे। वो कहीं न होकर भी हर जगह मौजूद हैं। बशीर बद्र का वो एक शेर है न...

"तज़किरा कोई हो, ज़िक्र तेरा रहा
अव्वल-ओ-आख़िरश दरमियाँ-दरमियाँ"

शीघ्र मुलाक़ात होगी आप सबसे कैप्टेन समर प्रताप सिंह के नए कारनामों के साथ...!

कर्नल गौतम राजऋषि

2 अक्टूबर, 2024